◆映画ノベライズ◆
ジョジョの奇妙な冒険
ダイヤモンドは砕けない 第一章
原作＝荒木飛呂彦
小説＝浜崎達也 脚本＝江良 至

Photo Gallery

DIAMOND IS UNBREAKABLE

JOJO'S BIZARRE

Photo Gallery

DIAMOND IS UNBREAKABLE

JOJO'S BIZARRE ADVENTURE

◆映画ノベライズ◆

ジョジョの奇妙な冒険

ダイヤモンドは砕けない 第一章

原作＝荒木飛呂彦

小説＝浜崎達也　脚本＝江良 至

小説 JUMP j BOOKS

CHARACTER

人物紹介

東方仗助【ひがしかた・じょうすけ】

［通称］ジョジョ

杜王町に住む高校2年生。見た目は不良のようだが、家族思いで優しい心の持ち主。髪型をバカにされると激怒する。

スタンド＝クレイジー・ダイヤモンド

空条承太郎【くうじょう・じょうたろう】

杜王町に迫る危機を仗助に知らせるため、杜王町へやってきた。血縁上は仗助の甥に当たる。

スタンド＝スタープラチナ

広瀬康一【ひろせ・こういち】

杜王町に引っ越してきたばかりの高校生。仗助と行動を共にし始めたことから、奇妙な事件に巻き込まれていく。

山岸由花子【やまぎし・ゆかこ】

仗助や康一の同級生。転校生である康一の世話をすることに、強い使命感を抱いている。

CHARACTER

人物紹介

片桐安十郎【かたぎり・あんじゅうろう】

連続殺人犯。形兆の放った矢によってスタンド使いとなる。

スタンド＝アクア・ネックレス

［通称］アンジェロ

虹村形兆【にじむら・けいちょう】

杜王町で暗躍する謎のスタンド使い。不思議な弓矢によってスタンド使いを生み出す。

スタンド＝？？？？？

虹村億泰【にじむら・おくやす】

形兆の弟。直情型で短気だが、兄想い。

スタンド＝ザ・ハンド

東方良平【ひがしかた・りょうへい】

仗助の祖父。交番勤務の巡査長。連続変死事件の解決に奔走する。

東方朋子【ひがしかた・ともこ】

仗助の母。仗助を女手ひとつで育てる。

WHAT IS STAND?

スタンドとは——

スタンド、それは
形ある**超能力**。
しかし、その**能力**を
持っている者にしか
見えない。
そばに**現れ立つ**ことに
よって、〈スタンド〉と
呼ばれる。

クレイジー・ダイヤモンド

仗助のスタンド。触れることで他人の怪我や壊れたものをなおすことができる。

スタープラチナ

承太郎のスタンド。時間を止めることができる。

アクア・ネックレス

アンジェロのスタンド。水に同化して体内に侵入、内部から相手を攻撃する。

ザ・ハンド

億泰のスタンド。右手でつかんだあらゆるものを削り取る。

目次

映画
『 ジョジョの奇妙な冒険
ダイヤモンドは砕けない　第一章 』

原作:**荒木飛呂彦「ジョジョの奇妙な冒険」**(集英社ジャンプ・コミックス刊)
監督:**三池崇史**
企画プロデュース:**平野 隆**
脚本:**江良 至**
音楽:**遠藤浩二**
制作プロダクション:**OLM**
制作協力:**楽映舎 b-mount film**
配給:**東宝 ワーナー・ブラザース映画**

♦

この作品はフィクションです。実在の人物・団体・事件などにはいっさい関係ありません。

Diamond
is
Unbreakable

プロローグ

部屋の明かりは点《つ》いていない。それはローソクの灯《ともしび》でムードを出すための演出だった。小さなケーキは誕生日のお祝い。二人掛けのテーブルには、彼女が、彼のために腕をふるった料理が並んでいる。

恋人たちの、幸せな、ささやかな晩餐《ばんさん》。

トマトケチャップでハートマークを描いたオムライスを、男はそっと口に運び、頬ばった。

これといって味の感想はなく。

インターホンが鳴り、玄関のドアがあわただしくノックされた。

「――警察です！　山下《やました》さん、山下さん、すみません」

夜。

静かなマンションの一室に声が響いた。

警官の呼びかけを無視して、男はオムライスを咀嚼《そしやく》しつづける。

その足元、テーブルの下には――部屋の住人が横たわっていた。

住人の男女が縛られて口をガムテープで塞《ふさ》がれていた。その気になれば、体をよじるなりして物音を立てることくらいはできただろうが、異常な侵入者の存在があらゆる抵抗を許さなかった。


外廊下。

問題の部屋の前に、警官たちが集まっていた。

若い刑事がドアをノックするが、反応がない。

「――連絡先は聞いています。たしかめてみます」

年配の巡査長は携帯電話をとりだすと、５０１号室の住人に電話をかけた。

侵入者の男がオムライスを飲みこんだとき、不意に着信音が鳴った。
テーブルの下をのぞくと、床に転がった携帯電話に着信があった。住人のものだ。
――東方良平《ひがしかたりようへい》　巡査長（交番）
画面に、登録されていた、電話をかけてきた相手の名前が表示される。
間を置かず、玄関のドアが今度は激しくノックされた。
「山下さん……山下さん！　いるんですね！」

「むかつくぜ」

男は吐き捨てた。

外出するなら、ふつうは携帯電話を持っていくはずだ。ドア越しに、着信音が聞こえ、さらに部屋のなかから大きな物音がしたことで異変を察知した年配の巡査長――東方良平は、若い刑事をうながすとドアを破った。

部屋に踏みこむ。

と同時に窓ガラスが割れる音が響きわたった。

ダイニングルームに突入した警官たちは、むせかえるほど濃い血の臭《にお》いとともに惨状を目撃する。

テーブルには食い散らかされた料理の皿が残されていた。床には縛られた男女が倒れている。

血まみれだ。首にフォークを突き立てられて、口を塞いだテープの隙間から泡を吹いていた。

窓の割られたベランダに東方良平は走った。

「片桐《かたぎり》ッ！」

その声に、むかいの建物の屋上を逃げる人影はコートをひるがえし、ふりかえった。

ニィ、と唇を歪ませて。

連続殺人犯・片桐安十郎《あんじゅうろう》は、夜の闇に身を投げた。

*

——立入禁止《KEEP OUT》

現場となったマンション周辺にはＭ県警の黄色い規制線テープがはられて、ふだんは閑静な夜の住宅地にパトカーの警告灯が行き交った。

警察のバカ騒ぎを横目に、片桐安十郎は逃げた。

なぜ、あのカップルを狙ったか。

強いていえば、片桐安十郎は「幸せそうな家」を壊したくなる。無性に。それは衝動で、抑えようと思ってもできはしない。彼が思慮するのは、どうやって壊すか。「幸せそうな家」に恐怖をともなった不幸の押し売りをするか。

彼女が彼氏のために作ったハートマークを描いたオムライスを、縛りつけたふたりの前でグチャッと頬ばる。

ただ後悔がないわけでもない。彼はしくじった。いま絶対に傷ついてはならない彼自身が危機にさらされている。警察に逮捕されるのはごめんだった。

河川敷を走る。

鉄橋の下にさしかかる。決断しなくてはならなかった。どこで川をわたるか……。

冷たい水のなかに進もうとしたとき、安十郎は足をとめた。

「………？」

安十郎の目の前に何者かが立っていた。

襟《えり》の高い、やけにデザインが凝った制服。長い後ろ髪を編んでまとめている。

線路を、やかましく電車が行きすぎていく。

車窓から漏れた光に、安十郎は相手の顔を垣間見た。若い――20歳かそこらの青年《ガキ》だった。

「おまえは……？」

相手は応えず、おもむろに身構えた。

弓と矢。

和弓《わきゅう》やアーチェリーではない。屈曲した、古びた弓だった。

安十郎は、過去には警官に拳銃をむけられるような経験もしていたが、まさか現代の日本で矢を射かけられるとは思いもせず、まったく意表を衝《つ》かれた。

「よせ、やめろッ！　――――」

ぶざまに腰を抜かす。

弓離れの音。直後、首筋に突き立てられた熱い痛みに安十郎は打ち倒された。

後頭部から川のなかに倒れこむ。

青臭い水の味がしたあと、喉《のど》から逆流した自分の血が泡になってあふれだした。これまで彼が手にかけてきた被害者が受けたのとおなじ死の痛みだ。その痛みは、血管をつたって内臓、末梢《まつしょう》まで行き届いていく。発熱、そして反応――ついに安十郎の意識は沸騰した。

矢を射かけた男が歩み寄ってくる足音がした。

冷たい水のなかで、油で揚げられているかのような熱い痛みに痙攣《けいれん》し、安十郎はなすべがない。

男は、しばらく安十郎を観察していた。

やがて安十郎の体を踏みつけ、首に刺さった矢に手をかけると無造作《むぞうさ》にひき抜いた。

広がった傷口からあふれた血が、どす黒く川面《かわも》に広がっていく。

安十郎は動けない。

さきほどまで全身をかけめぐっていた血が沸騰する感覚が、ゆっくりと冷えていくのがわかった。

これが死——

「…………」

指が、動く。

ゆっくりと感覚が、知覚が回復してくる。痛みの熱がひいていくかわりに、新たな……ひんやりとした、しかし、かつてないほど激しいチカラが意識の底からわきあがる感覚が襲ってくる。

「出会いとは重力」

男は静かに言った。

「——重力とは愛、仲間……おめでとう。おまえは選ばれた」

謎の言葉を残すと、矢を回収した男は去っていった。

ガボッ…………シルシルシルシルシルシル……

暗闇の川面に、安十郎を中心に異様な波紋が生じた。

さながら謎の巨大生物が姿を見せたかのように。だがすぐに、ゆるやかな川の流れが波紋をならし、そのナニかの気配を水底《みなぞこ》に沈めていった。

気がつけば、安十郎は立っていた。

致命傷だったはずだ。

頸動脈《けいどうみゃく》を貫いた矢傷からあふれた血は……とまっていた。傷そのものがなくなっていたのだ。

あたりをうかがう。

矢を射かけた、あの派手な制服の男の姿はなかった。かわりに、うざったい赤いパトランプが集まってくる。

片桐安十郎は、だが、もう逃げはしなかった。

知っていたから。

知っていた、気がしたのだ。この新たなチカラのことを。それは彼自身も気づいていなかった、彼の、もうひとつの姿だったから。ゆえに彼を捕らえることなど、できないことも。脅威とならない連中から逃げる必要などないことを。…………

＊

M県警、杜王《もりおう》警察署。

逮捕された片桐安十郎は、取調室で、ふたりの刑事の尋問を受けていた。

「白状しろ、片桐！」

「おまえはいったい、どれだけの人間を殺したんだ！」

雨。

夜半から土砂降《どしゃぶ》りになった。容疑者は椅子にのけぞる姿勢で座り、そ知らぬ様子で、鉄格子のはめられた小さな窓を叩く滴《しずく》を見ていた。

片桐安十郎。

通称アンジェロ、杜王町生まれ、連続殺人犯。実の父親殺しにはじまり、これまでに少なくとも7人を殺害、殺人未遂はそれ以上を数える。それは警察が調べているとおりだ。

刑事たちは語気が荒い。

安十郎は敏感に察した。それは、この杜王町が近頃おかしいからだ。

不審死、行方不明者の多発。

今晩も安十郎の手で人命が奪われたわけだが、それら犯人が明確なもの以外にも未解決事件が山になっていた。所轄の署は面目《めんもく》丸潰れだろう。警察としては、ついに犯人を逮捕したと思い、息巻いているわけだ。

要は、警察は困っている。びびっている。

安十郎は、自分がやっていない殺人の犯人までひき受けるほど、お人好《ひとよ》しではなかった。容疑者はほかにもいるのだ。たとえば……あの弓と矢の男だ。安十郎だって今夜あいつにいいい、射殺されたではないか。

死んだにもかかわらず、ただ、なぜか死ななかっただけだ。選ばれて……？

もっとも、そんなことを親切に教えてやるつもりもない。

安十郎が、あえて、おとなしく警察に逮捕された理由。

言うまでもない。あの謎の矢に射貫かれた死の体験とひきかえに得た、彼の新たな、選ばれたチカラを試すため。

どこまでやれる。

これは挑戦だ。そして、それは、これまで彼の人生をジャマしてきた、いまいましい警察を相手に測るしかないのだ。みずからに課したテストに合格したとき、この町で、片桐安十郎は未来にわたって怖れるものなどなくなるはずだ。

さぁ、顕《あらわ》せ。

黙秘したままニヤニヤと窓を眺めている容疑者の態度に、刑事たちは業を煮やした。

「片桐ッ！」

刑事のひとりが机を叩きかけたとき、ミシッ……と、なにかが軋《きし》む。

水滴。

机に水がはねた。雨漏り……？　まさか、と見あげた刑事の目に飛びこんできたのは、天井いっぱいに広がっていた謎のシミだった。

軋んでいたのは部屋、建物そのものだった。

「なんだ、これはッ？」

シミが壁に広がっていく。

菌糸《きんし》の成長を早回しにしたように。シミは、ひどく生物的に増殖していった。床には、いつの間にか数センチも水が溜まっていた。

安十郎は椅子に座ったまま、右手で首を切る仕草をした。

――死ね。

水柱が立ちあがる。

床に溜まった水から這いだしたナニかが、巨大な蛭《ヒル》を思わせる動きで刑事にとりついた。

そのまま体の穴をさぐると身をよじらせて喉へ、内臓へと潜り入りこむ。

――〈アクア・ネックレス〉

この姿《チカラ》を水《みず》の首《くび》かざりと名づけよう。

＊

この夜、杜王警察署で、また新たな殺人事件が発生した。

ふたりの刑事が取調室で死に、警備にあたっていた立ち番の警官も犠牲になった。彼らはみな全身ずぶ濡れで、血を吐いて死んでいた。司法解剖の結果、死因は内臓破裂。外傷はなく、内側から臓器を破裂させられて死んでいた。

そうして連続殺人の容疑者・片桐安十郎は、杜王署から脱走したのだ。

Diamond
is
Unbreakable

(一)
杜王町

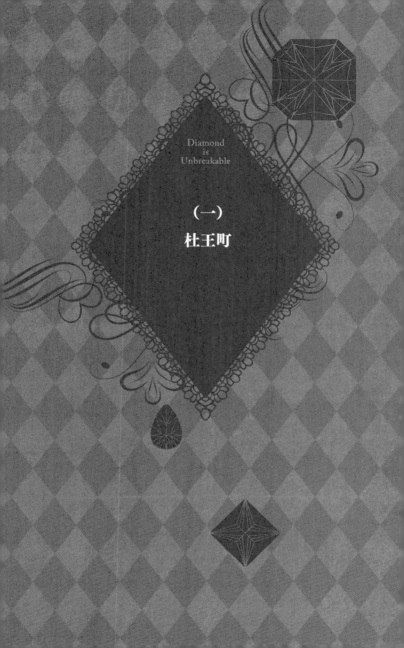

1

部屋には、荷造りをほどいていない引っ越し会社の段ボール箱が山になっていた。早く片付けなさいと親には言われていたが、なにしろ転校生というのは、いろいろ忙しい。新しい教科書と資料集、筆記用具、とりあえず必要なものだけを背負い鞄《かばん》に詰めこむ。

きちんと棚に並んでいるのは愛読している漫画――ジャンプ・コミックスの『ピンクダークの少年』。作者の岸辺露伴《きしべろはん》先生は、康一《こういち》にとっては〝神〟なわけだが、インタビュー記事などによればこの杜王町《もりおうちょう》出身のはずだった。

新しい制服に袖を通す。詰襟《つめえり》の学ランだ。

リビングに降りると、テレビでローカルニュースが流れていた。

『――こちらが現場となった……』

どこかの公衆トイレだ。黄色い規制線テープがものものしくはられて、目隠しのブルーシートで覆われている。

康一は、ついニュースに見入ってしまった。

『——死亡した男性は内臓をひどく損傷しており、警察では杜王町で連続して起きている変死事件との関連について調べています』

連続変死事件……。

母親が呼びかける声がした。

テレビの時刻をたしかめる。少し余裕を持ちすぎたらしい。康一は鞄を背負うと家を飛びだした。

*

クロスバイクにまたがって走る。

引っ越してきて3日目、転校2日目の康一にとって、新しい自転車に乗って見る景色はとても新鮮だった。

杜王町は海と丘の町だ。

歴史を紐解《ひもと》けば、昔は小さな漁港と田畑ばかりの土地だったそうだ。それが新港の開発などにともない、S市のベッドタウンとして10年くらい前から急速な発展を遂げてきた。

観光マップを見ればあらましはわかる。町の花は福寿草《ふくじゅそう》、古寺や武家屋敷など歴史的建造物も多く残っていた。最新の国勢調査の結果によれば、町の人口は5万8713人、この地方では2年連続住んでみたい町のベストワンに選ばれている。

それも納得——山を造成した新興住宅地は、景観を考えて家並みに至るまで統一されたデザインで設計されていた。

家々は庭がゆったりととられて、道路は広く電線は地中化されている。外国を思わせる風景のなか、坂道を自転車で駆けおりていくのは、とても気持ちがいい。

海岸道路へ。

潮風が吹き抜ける。遠くに新港のコンテナとクレーンが見えた。このあたりは臨海公園として整備されており、ドライブには本当に気持ちがいいところだろう。

駅前通りのあたりは昔からの商店街、繁華街だ。

交番の前で、闊達《かったつ》とした年配の警官が学生たちに声をかけていた。

「おはようございます」

康一は応《こた》えて、通りすぎる。

住んでみたい町ランキング2年連続ベストワン。

けれども3年連続は無理かもしれない。杜王町では近ごろ殺人や失踪事件が多発していた。警察署からも殺人犯が脱走したとかで、まだ捕まっていない。

だから警官が、あんな声かけをしているのかもしれない。杜王町のいち市民となった康一にとっても気になる話ではあったが、転校生としては、より重大な問題はこれからの学校生活にある。

不安と期待は、いつだって綯《な》い交《ま》ぜだから。

康一は彼が通う私立ぶどうヶ丘高校へと急いだ。

小径《こみち》を曲がった直後、康一は思わずブレーキをかけた。

行く手に、男子生徒が立《た》ち塞《ふさ》がっていた。

「………？」

丈の短い学ラン、ダボッとしたシルエットのズボンを見れば、相手がどういう人かはすぐにわかった。

「はい、ここを通りたかったら通行料５０００円」

男子生徒はポケットに手をつっこんだまま、ヤニ臭《くさ》い顔を前のめりにしてむけてきた。

不良《ワル》。

杜王町はいい意味でもわるい意味でも地方だ。田舎《イナカ》だ。おしゃれな街並みの新興住宅地があるかと思えば、こういうヤンキーがいて、実は、しっかりと幅を利《き》かせていた。

「えっ、いや……なら、いいです」

康一は自転車から降り、くるっとハンドルを切った。

ところが、いつの間にか、うしろにも同類のお仲間が待ち構えていた。

「ひきかえすなら1万円」

「え……えー…………」

狭い小径で、康一はふたりの不良に挟まれてしまった。

なんていうことだろう。こういった場面をどうやってくぐり抜ければいいのか、康一には、まったく経験が足りていなかった。

不良のひとりがクロスバイクのハンドルを握って道路に薙《な》ぎ倒《たお》した。

万事休すとなった康一の傍《かたわ》らを、

〝彼〟は通りすぎていった。

康一が見送ったのは、その、あまりにも特徴的な頭――髪型で。

「おい、待て」

わざと肩をぶつけにいったあと、不良のひとりが彼を呼びとめた。

「はい？」

「いま、ぶつかったよなぁ」

因縁《インネン》をつける。

不良は相手を見あげる姿勢になった。彼は背が高いのだ。その特徴的な髪型――ドーム球場の屋根というか、自転車のヘルメットというか、どう表現したらよいのかわからないリーゼントが、いっそう彼を大きく見せていた。

「あっ、すみません」

ところが彼は、そこで素直に謝った。そして立ち去ろうとしたではないか。

「おいおい、勝手に行ってんじゃねえ！　ブサイク頭！　誰も許してねえぞ！」

「なんだよ、その変な頭はッ」

不良たちはイキりたち、貧しい語彙で彼の髪型をなじる。

たしかに彼の髪型は、ひと目見れば忘れられないだろうし、たとえS市駅前の人混みにいたとしても、遠くからでも彼だとわかるだろう。

彼は、行きかけた足をとめた。

不良たちをにらみかえす。

怒りに、声をふるわせて。

「おい、いま……俺の頭のこと、なんつった」

「はァ?」

イキがった不良は、次の瞬間、石畳を舐めることになった。

ギシャアッ、といやな音がした。

不良のひとりが、体ごとクロスバイクの車輪に落下した。

さらに二度跳ねて転がされる。不良は血まみれになった鼻と口を押さえて、歯医者で泣きわめく子供じみた悲鳴をあげて石畳をのたうちまわった。

「…………?」

目の前の出来事に、康一は茫然《ぼうぜん》とした。

60~70キロはあるだろう人間が、そんなふうに軽々と宙を舞うなんて……。

彼は、不良の潰れた鼻をさらに踏みつけにする。

「俺の頭にケチつけたヤツぁ、誰だろうと許さねえ」

ぃぃぃぃぃぃぃぃぃぃぃぃぃ
もはや立場は逆転した。

ごめん、わるかった……ごめんなさい。圧倒された不良はプライドをかなぐり捨てて謝った。結果的に、それで正解だったのだろう。彼は、やがて怒りが醒《さ》めたのか足をどけた。

不良は立ちあがって、あとずさる。

——あれ?

と、いうようなリアクション。

康一もふしぎに思った。不良の顔が……潰れたはずの鼻から血は流れておらず、きれいに治っていたのだ。

不良たちは這々《ほうほう》の体《てい》という感じで逃げていった。

一方、彼はなにごともなかったかのように歩きだす。康一はクロスバイクをひき起こした。

「東方《ひがしかた》くん？」

呼ばれて、彼はふりかえった。

康一を見て首をかしげる。

「――東方仗助《じょうすけ》くんだよね。ほら、僕……転校してきた、広瀬《ひろせ》康一」

康一は〝彼〟を知っていた。

ぶどうヶ丘高校の2年生、クラスメイトだ。教室でも彼は目立っていたし、気になって、人に聞いて名前も覚えた。

「そうだっけ？」

「覚えてないんだ……」

康一は苦笑《にがわら》いをする。

まぁ、転校生とはいっても、康一は大勢の人の気をひくような存在感のあるタイプではなかった。

彼——東方仗助のところに歩きだそうとしたが、違和感から康一は立ちどまった。

自転車が動かない。

フロントの車輪《リム》がひしゃげてブレーキと干渉していた。グニャグニャだ。さっき不良が落ちたときに曲がってしまったのだ。

「壊れちゃった」

康一は、また苦笑。

東方仗助は康一の自転車をチラリと見た。が、どうこうできるものでもなかった。

相手に気をつかわせたくなかったので、康一は話題を変えた。

「でも、いまのはすごかったよね！　動きが速すぎてさ、全然見えなかったし……」

「そうか」

「そうだよ……ん？」

そして、また自分のクロスバイクを見て、康一は言葉を失った。

グニャグニャだったはずのフロントリムが、まっすぐに直っていた。クロスバイクはもとどおりになっていた。

「えッ……？　ええッ？」

戸惑うばかりだ。康一は、なにが起きたのかわからず茫然とさせられた。

2

ぶどうヶ丘高校。

杜王町にある中高一貫の私学だ。２年Ｃ組が、昨日から広瀬康一の教室になった。

クラスメイトの東方仗助は、窓側の席でぼんやりと空を見つめていた。

康一は、彼に声をかけるわけではなかったが、ついつい観察してしまう。

今朝《けさ》のことは、いったい、なんだったのだろう。

ささいなことかもしれない。東方仗助が不良を殴って鼻を潰したように見えたのは、実は、たいしたケガではなかったのかもしれないし、クロスバイクのフロントリムが曲がったのは、それこそ動転した康一のかんちがいだったのかもしれない。

ただ、康一は……なんなのだろうか、この気持ちは。

〝彼〟が気になる。

東方仗助の外見は、それこそ今朝の不良たちとおなじカテゴリに属している。奇抜なリーゼント、改造学ラン、恵まれた体格……高校を卒業してしまえば、たぶん接点のない人生を送るであろう〝彼〟——東方仗助がどうしても気になる。

「康一くん」

そして、そんな接点のなさそうな相手が、もうひとり。

「あッ、由花子《ゆかこ》さん」

「英語の復習は？　だいじょうぶ？」

きれいな長い黒髪の、人目をひく美少女。

〝彼女〟——山岸《やまぎし》由花子も2年C組のクラスメイトだ。

「これ、私からの宿題。今日のぶん」

そう言って由花子は康一にノートをさしだした。

「由花子さんからの……宿題？」

——『広瀬康一君用問題集』

手作り臭がぷんぷんするノート1冊ぶんの、手書きの問題集を手わたされる。

「康一くんの成績がわるいと私の責任になるの、そんなの私のプライドが許さない」

由花子は、はっきりと自分の気持ちを口にするコだ。

気が強い女の子。目力があって、康一などは圧倒されてしまう。

「……ありがとう、がんばります」

康一はおずおずと宿題ノートを受けとった。

自作のイラストが表紙に描かれたノートは、まるで魔術書——そう、由花子の美しさは、どちらかといえば魔女っぽいやつだ。

事情を話せば、こういうことだ。

昨日、転校生をクラスに紹介した2年C組の担任は、康一のとなりの席になった山岸由花子に「いろいろ世話を頼む」と命じた。それは、前の学校とはちがう教科書を見せたりとか、学校をかんたんに案内するとか、ささいなことを。

ところが、それが由花子の使命感に火をつけてしまったらしいのだ。

出会ったのは、昨日なのに。

ミステリアスな彼女との距離のとりかたに、目下、康一は四苦八苦している。

わたされた宿題ノートをひらいて、ああ、これは質的にも量的にも無理っぽいなぁと、康一はため息をつくのだった。

3

東方良平《りょうへい》巡査長は警らにあたっていた。

地元商店街を、笑顔で、声をかけながら自転車で抜けていく。この杜王町で生まれ育って数十年。商店主たちは顔見知りばかりだ。その顔は、みな経過した時間だけ老いていた。もちろん良平自身も。

杜王町には、ふたつの顔があるのだろう。

古い町と、新しい町。

増えつづける新しい住人たち。新興のベッドタウンゆえに生じるギャップのようなものを、警察官である東方良平は日頃から意識していた。こうして住人に声かけをするのも、そんな溝を少しでも埋めようとする行為なのだ。

駅前の、都会と比べれば、ささやかな繁華街。

地元の若者たちが集まるような店の前で、日のあるうちから騒いでいる連中がいた。

通りがかった女の子をナンパ――というより、ただ声をかけて、からかっている。

空き缶を道路に投げたのを見て、良平は警笛を鳴らして彼らに近寄った。

「こら、出したゴミは自分で始末しろ」

良平の姿に気づいたふたりの若者は、ゲェ、という表情をする。

「……なんだよ、面倒くせえな」

それでも若者は空き缶を拾うと、ゴミ箱につっこんだ。

「吉沢正哉《よしざわまさや》。おまえ、また仕事を辞めたそうだな」

「そんなの勝手だろ。おまわりに関係あんのかよ」

「ホント、うるせぇって」

「平田《ひらた》……うるさく言うのが俺の仕事だ。市民を守り、市民を正しい道に、ってな」

たかが巡査長が、なにを偉そうに。

ふつうなら一笑に付されるところだ。でも若者たち——吉沢と平田は、悪態をついてはいたが反抗するふうでもない。

「——なにかあったらいつでも電話しろ。24時間ＯＫだ」

「だいじょうぶ、もう面倒はかけねえって」

吉沢の返事に、良平は肯《うなず》くと、自転車で去っていった。

＊

吉沢と平田——さっき東方良平と話していたヒマな若者ふたりは、公園で時間を潰していた。

金はなく、仕事もなく、あるのは退屈だけ。

学校に行っていたときは、金がなくても、それなりに楽しかった気がする。だが、あのころのツレたちはひとり、またひとりと彼らの周囲から去った。仕事に就《つ》き、S市や東京に出ていったやつもいる。

杜王町は変わっていくのだ。

まだ20歳かそこらのふたりの記憶のなかでも。ただ、このふたりの人生は、いつまでも過去の思い出にとどまって中途半端なままだった。

学生のころなら、ひと暴れしてうさ晴らしをするところだったが……でも、そういうことはやめたのだ。東方良平への義理立てだ。以前、ヤンチャがすぎてマジでヤバい状況になりかけたふたりを、あの万年巡査長どまりのオッサンが救ってくれたことがある。

暑いな、と。平田は人目もはばからず噴水の水をすくって吉村にかける。

ひゃー、っと気持ちよさそうに声をあげて、吉村もやりかえした。実のところ、ふたりにはたいして切迫感もなかった。いまの状況を、どうにかしようと焦っているわけでもない。適当に遊んで、適当に仕事して、適当に生きる。なんとかなる。これまでもそうだったように。

そんなふたりを、公園のベンチに座った男が見つめていた。

薄汚れたロングコート、サングラス——顔を隠していたが、それは、あの片桐安十郎《かたぎりあんじゅうろう》だった。

安十郎は杜王町から逃げることなく、留《とど》まっていたのだ。

「…………」

理由など、ない。

ただイキがっているガキが目についただけだ。目障《めざわ》りだった。なぜなら安十郎は、彼らとはちがって、自分ばかりか他人の人生さえ強引にねじまげるほどのチカラを得ていたから。

——〈アクア・ネックレス〉

公園の噴水から、突如、水柱が爆発した。

平田が衝撃でひっくりかえる。

「バッカ、なにやってんだ」

吉沢は、最初はゲラゲラ笑っていた。

ところが平田が胸を押さえて苦しみはじめたのを見て、吉沢は戸惑った。

「おい……平田？　なんだよ、どうしたんだよ！」

駆け寄った吉沢がツレを心配する。

平田は……おぇッと嘔吐《えず》いたあと、吉沢の顔にバケツでぶちまけたほどの大量の血を吐いた。

ヌルリ、と。

あのとき——警察署の取調室で、刑事を殺害した巨大な蛭《ヒル》のごときそれは、平田の体を食い破るようにして外に現れると、次に、思いがけないほどの速さで動き、ズリュッと吉沢の口腔《こうくう》へと潜りこんだ。

吉沢は痙攣《けいれん》し、白目を剝《む》く。

〈アクア・ネックレス〉を相手の体内にとり憑《つ》かせると、安十郎は嗤《わら》った。

必要なのは場数だった。

このチカラをあやつるための。みずからの能力を、より強い意思を以《もっ》て、たしかめるための。

4

放課後。広瀬康一はクロスバイクを押して校門をくぐり、下校していた。

乗って帰らないのは世話係が同行しているからだ。

山岸由花子は下校中も康一に授業の復習をさせる。クエスチョン、アンサー、リピート
アフターミー……由花子は才媛《さいえん》だ。ぶどうヶ丘高校の偏差値は、康一が編入できるくらい
だからたいしたことはない。ワルそうな生徒も目につくし、まぁ、それなりのレベルなの
だが、康一には、どうして山岸由花子のような人がこの高校にいるのかわからなかった。

――わー、ジョジョ先輩、ラッキー！

――いっしょに帰ろうよ、ジョジョ先輩！

――わっ、今日の髪型もキマッテるし！　ジョジョ先輩、最高！

女子たちの声があがった。

少し先で、3人の女生徒が〝彼〟を囲っていた。

「おっ、おう」

東方仗助は、なついてきた後輩女子たちを相手に、まんざらでもない様子で。

康一は、その呼び名がひっかかった。

「ジョジョ……？」

「仗助の仗に、助《すけ》はジョとも読むでしょ」

だから通称ジョジョ——由花子が教えてくれた。転校初日、彼の名前を教えてくれたのも彼女だったのだが。

「あー……」

「康一くんも東方くんが苦手なのね」

「えッ」

「わかるの。康一くんはそういうタイプだもの」

由花子は勝手に納得したのだった。

「いや、そんなことは……」

「心配はいらないわ。イジメられたりしたら、すぐに私に言って。そのときは私が守ってあげる」

イジメられるどころか、康一は今朝、不良にからまれたところを東方仗助に助けてもらったのだが。黙って相槌を打つ。

「あっ……はい」

「私、あっちだから。じゃあね……宿題はかならずやること」

また明日、と言って由花子は、別れ際はあっさりした感じで行ってしまった。康一は彼女の長い後ろ髪を見送った。

5

杜王駅近くの公園に、また新しい警察の規制線テープがはられた。

野次馬を整理していた東方良平は、無念の表情で唇を噛みしめる。

公園の噴水の脇に倒れていた血を吐いた死体を、刑事と鑑識が検分していた。新たな犠牲者は良平の顔見知りの若者――ついさっき話したばかりの平田だったのだ。

＊

刻《とき》をおなじく――事件は杜王町内のコンビニエンスストアで起きた。

女性店員が悲鳴をあげた。

若い男が、店の商品を勝手に食い荒らしたあと、ナイフを店員に押しつける。

「金を出せ、早くしろ」

吉沢だった。白目を剝いて、まともな様子ではなかった。

6

広瀬康一は山岸由花子と別れたあとコンビニに寄った。

そして不幸にも、このコンビニ強盗の現場に出くわすことになった。

「近寄るな！　こいつを刺すぞ！」

店の外で、若い男が店員を羽交い締めにして、首にナイフを突きあてていた。

刺すぞというのは脅しではないようだ。

康一は、怖がる前に、この状況に違和感しかなかった。

あのコンビニ強盗は、いったい、なんのためにあんなことを……？　さっさと店員にレジを開けさせて、金を奪って逃げればいいのだ。まるでデモンストレーションだった。もたもたしていれば、すぐに警官が到着するだろう。

とにかく、あの強盗はヤバい。

クスリでもキメているのではないか。目がイッってしまっていた。

そして、ふと見ると——あの東方仗助が、後輩女子3人組といっしょにコンビニの前の広場にいた。強盗騒ぎに気づいて、集まりはじめた野次馬ごしに様子をうかがっている。

強盗は、刃渡り20センチはあるミリタリーナイフの切っ先で、仗助を示す。

「そこのガキ！　どけッ、目障《めざわ》りだ！」

東方仗助はじっとしたまま動かない。

強盗はいきりたった。

「い、い、い、いい、おまえだ、変な頭の！」


禁句。


東方仗助を相手にしたとき、その言葉がタブーであることを広瀬康一はあらためて思い知った。

今朝もそうだった。あの不良たちは、彼の個性的な髪型をコケにしたから、ぶっ飛ばされた。

「あぁッ……？」

低くうなると、東方仗助はつかつかと強盗めがけて歩いた。

「嘘でしょ!!」

康一も、後輩女子たちもあっけにとられる。

人質がいるのに。

あたりは騒然となった。野次馬の人垣も、ナイフの威嚇《いかく》も、その刃先がのばせば届く距離になっても東方仗助を阻《はば》むものはなかった。

「てめー……いま、なんつった」

東方仗助は強盗にくってかかった。

「…………？」

「変な頭の……そういったよな」

康一には、そのときリーゼントが逆立って頭にトサカが立ったかのように見えた。

相手がナイフにびびらないのを見て、強盗は、あらためて刃先を人質の首筋に突きつけた。

「ふざけんな！　この女にナイフをぶちこむことに決めたぜ！」

本気でイカれていた。強盗がナイフを人質の背中に突き立てる。康一も、野次馬の誰もが哀れな人質が刺されたと思った。

女性店員の体は貫かれた。

砲弾でも直撃したかのように。人質の腹腔《ふくこう》にボッカリと大穴が開いた。その穴のむこうには強盗が持ったナイフが見えた。

それは、その場にいた誰も——人質自身にさえ認識できなかった刹那《せつな》の断片。

広瀬康一にわかったのは、東方仗助がコンビニ強盗と対峙し、人質にナイフが突きたてられようとした直後——女性店員は救出されていた。と、いうことだ。

「えッ？」

そして強盗の手からはナイフが失われていたのだ。

コンビニ強盗——吉沢は、わが身に起きた異変に気づいて、うろたえながらシャツをまくりあげた。

悲鳴をあげる。

腹に、さっきまで彼が手にしていたナイフが埋まっていた。

「なんだ、これはァ！」

刺さったのではないのだ。吉沢の腹には傷ひとつない。腹の皮の下に、刃渡り20センチはあるミリタリーナイフがそのまま移植されていた。

下手に動けば刃先で内臓を傷つけてしまうだろう。吉沢は、なにもできなくなり戦意を喪失した。

「手術して、とりだしてもらうんだな……刑務所の病院で」

そんなことを東方仗助が言い捨てる。

吉沢は……ふいに嘔吐《えず》いた。

康一に見えたのは、強盗が喉を押さえたあと、口から、なにかを吐きだすような仕草をしたこと。

東方仗助が、吉沢の口から吐きだされたナニかを目線で追った。それは地面をつたって側溝《そっこう》に吸いこまれる。ぴしゃん、と、たぶん下水になにかが落ちた音がした。

人質の女性店員は、しばらく茫然と立っていた。

たしかに腹部を貫かれたはずだ。

その感覚を思いだし、記憶と、現実のギャップに困惑しきりとなる。

ほどなく、血相を変えた警官たちが走ってくるのが見えた。

「やべッ」

東方仗助は、気を失った強盗の背に触れる仕草を一瞬したあと、警察とはかかわりたくない様子で、あわてて逃げていった。

後輩女子たちが彼を追って駆けだす。

「…………！」

康一は気づいた。

コンビニ強盗の傍らには、先ほどまで彼の腹のなかにあったはずのミリタリーナイフが転がっていた。

目の前で起きたことの整理がつかない。ただ〝彼〟──東方仗助というクラスメイトの存在が、いっそう気になって仕方がなかった。

＊

コンビニを囲った野次馬の輪を、遠目に見て。

カフェのテラス席から、強盗の身柄を確保した警官たちの様子をたしかめると、コートにサングラスの男――片桐安十郎は、あの変な髪型の高校生が去っていった方向を見た。

「よくも、ジャマしてくれたな」

まァ、いいさ……と。

側溝から下水に逃がした〈アクア・ネックレス〉とともに安十郎は悠々と立ち去った。

「――次は、おまえだ……おまえを破滅させてやる」

7

日暮れ時。

S市のベッドタウンである杜王町は、学校や仕事帰りの人々であふれはじめる。

東方朋子《ともこ》は39歳のシングルマザーだ。

父と高校生の息子との3人暮らし。学生時代に出産した彼女は、子育てによって中断することなく仕事のキャリアを積むことができた。ひとり身と知った職場の異性から声をかけられたり、街でナンパされることだってあるのだが、朋子はそうした男にはまったく関心がなかった。

朋子にとって、生涯愛した男はたったひとり。息子の父親だ。

自転車が彼女の前をよぎった。

「……お父さん？」

急いだ様子で自転車を漕いでいった警官は、彼女の父——東方良平だったのだ。

＊

東方良平は自宅に飛びこむなり、リビングで、いつものようにゲームに興じていた孫の頭を叩いた。

「痛ッ……？　なにすんだよ、爺《じい》ちゃん」

「おまえだろ、仗助！　コンビニの高校生だ」

ぜんぶお見通しだ、と、良平は孫を叱りつけた。

「あ………」

「人質がいるのに犯人にむかっていったそうだな」

「あれは……ちがうんだって」

仗助は言葉を濁した。

良平は警察官だ。もちろん、この杜王町で起きた事件について、よほど多くを知っている。今回のコンビニ強盗事件についても。

犯人は吉沢正哉、地元の若者だ。高校生のころはワルくて、良平は、あまりほめられた感じでなかった彼をよく知っていた。

だが……。

「人質に、なにかあったらどうするつもりだ」

「それならだいじょうぶ。なにも起きないから」

「バカたれ！」

自信満々で答えた仗助の態度に、良平はまたポカリと孫の頭を叩く。

「だから、痛《いて》えって、暴力警官」

「いいか……高校生は高校生らしく」

「勉強やスポーツに励みます、だろ」

仗助はうんざりしてみせる。

良平は町の名物警官だ。朝の声かけ、商店街のあいさつまわり……交番にこういう人がいるのは町にとってすばらしい。

仗助は、この祖父が好きだし尊敬もしていた。でも家にまでいると、ちょっとだけ説教臭いわけだ。

「——お父さん、お帰りなさい。早いのね」

朋子が帰ってきた。

「いや、交番にもどる。今日は泊りだ」

「また事件があったの？」

朋子は察した。

「コンビニ強盗だってよ。怖《こえ》え、怖え」

仗助はゲーム機のコントローラーを放り投げた。

「仗助」良平は言った。「吉沢《あいつ》は、あんな馬鹿なことをするやつじゃない」

「？」

仗助は、とっさに祖父の言葉の意味がわからなかった。

そして良平の思いつめた表情を見て、察する。あのコンビニ強盗のことだと。

「きっと、なにかあったんだ」

「爺ちゃん……」

肩を落として、良平はリビングをあとにした。

良平の自室には、彼の歴史が飾られていた。

書棚には、仕事関係の本のほか、スクラップした資料が年度順に整頓されていた。壁には園児や小学生からもらった感謝の絵や手紙が貼られている。床にはバーベルなど、警察官としての体力を維持するためのトレーニング器具が。

東方良平は杜王町を愛していた。

町の子供たち、若者たちを。彼らが生きる未来を守ること——使命に人一倍の責任感を負っていた。

彼の人生なのだ。この町は。

そしていま、町は正体不明の不安に蝕《むしば》まれつつあった。

連続変死事件やコンビニ強盗は、その悪意のようなものが露見した一端にすぎないのではないか……。

「俺は、なにをやっている」

吉沢や平田を守ることができなかった。

ふがいなさに、良平は壁に拳《こぶし》の甲を打ちつけた。

8

深夜。

線路をわたる歩道橋を、ひとりの若いサラリーマンが歩いていた。

「──給料泥棒だと？　もっと死ぬ気でやれだと……？　ふざけんなバカ課長が！　あんなクソ会社で本気出して、どうすんだよ！」

鬱憤《うっぷん》を抱え、悪態をつく。酒が入って、すっかり千鳥足だ。

迷惑をかえりみず、拾った石でガンガン手すりを叩きながら歩道橋をわたっていく。落ちてしまいやしないか……すると案の定、よろめいた拍子に石をとり落としてしまった。

石は線路に落下する。

「おまえらに、俺のすごさのなにがわかんだよ！」

泥酔したサラリーマンは、とうとう歩道橋に放置されていた自転車を担いで、投げ落とした。

鉄道への投棄は往来危険罪にあたる。咎《とが》められて会社にバレでもしたら、またバカ課長とやらに叱責されるだろう。

——では、おまえのすごさを見せてもらおうか。

声と気配を感じて、サラリーマンは歩道橋の先を見た。


弓と矢。


射手が自分を狙っていた。

その日常から乖離《かいり》した異様な状況に、泥酔したサラリーマンは、意識は酔いから覚まされながら、まったく反応することができなかった。

「なんだッ……」

放たれた矢はサラリーマンの胸に突き刺さった。

衝撃を受け、くるくる、ぶざまに踊ったサラリーマンは背中から歩道橋に倒れた。

弓を携《たずさ》えた射手が歩み寄る。

——そんなに憎いのか、屈辱なのか……おまえの、その思いは強いチカラを生みだすことができるのか。

サラリーマンは、だが、今際《いまわ》の際《きわ》に痙攣したあと二度と動くことはなかった。

——残念だ。

おまえには、そのチカラはなかった。

死体を踏みつけ、矢を抜いて回収すると、射手は結《ゆ》わえた長髪をゆらして歩道橋から立ち去った。

Diamond
is
Unbreakable

（二）
空条承太郎、訪問

1

下校時間。

クロスバイクで通学路を走っていた広瀬《ひろせ》康一《こういち》は、行く手にクラスメイトの東方仗助《ひがしかたじょうすけ》の後ろ姿を見てとった。例によって後輩女子たちがまとわりついている。

「仗助くん……！」

ゆるやかな下り坂で、追いつこうとした康一は無意識にスピードを出しすぎていた。

気づいたときには、間近に人が立っていた。

「わッ！」

避けようとハンドルを切る。コントロールを失って、自転車ごと建物の壁につっこんだ。

康一は思わず目を閉じた。——

強い衝撃。事故。

それらのことを漠然と覚悟した康一の身には、だが、なにも起きなかった。

記憶が途切れたのか――

康一は道に立っていた。

どこもぶつけていないし。ケガもしていない。

なにがなんだかわからないままふりかえると、康一がぶつかったはずの相手が立っていた。クロスバイクのハンドルを手で支えた姿勢で。

「だいじょうぶか？」

「あっ……はい」

康一は肯《うなず》く。

大柄な男だった。電車やバスに乗っていたら、いるだけで目立つはずだ。

「きみは、ぶどうヶ丘高校の生徒かい？」

上下とも白を基調にした清潔感のある服、おしゃれな帽子。この人みたいな体格とスタイルなら、なにを着たって似合うのだろう。

「はい」

「だったら東方仗助を知ってるか？　…………」

彼の名は、空条承太郎《くうじょうじょうたろう》。

もうひとりの〝ジョジョ〟の名を、このとき広瀬康一は、まだ知らなかった。

＊

坂をくだった先で、康一は仗助に追いついた。

「仗助くん！」

「おう、転校生」

ふりかえった仗助は、それから康一の傍《かたわ》らにいる男をチラッと見た。

「この人が仗助くんに話があるって」

康一は男を仗助にひきあわせた。

そして思った。用事はなんだろうか……仗助は相手を知らないようだが。

「東方仗助、母親の名は朋子《ともこ》」

男が口をひらいた。

「………」

「父親の名はジョセフ・ジョースター。きみのお母さんが大学生のときに、ふたりは知りあい、そして別れたあとにきみが生まれた。許せ……ジョセフがきみの存在を知ったのは、つい最近のことだ」

男は、まず詫《わ》びた。

仗助は無言のまま相手の話を聞いていた。

「――俺はジョセフの孫の空条承太郎。奇妙だが、血縁上ではきみの甥《おい》にあたる」

「甥？　はあ、どうも」

仗助は、さほど驚いたふうでもなく、10歳あまり年上の甥っ子に会釈をかえした。

家族……プライベートのこみいったことらしい。これは聞いてはいけない話なのかな、と察した康一は遠慮してその場を離れた。

＊

東方仗助と空条承太郎は、小川をわたる橋の上で、ふたりだけで話していた。

「――ジョセフは79歳。まだ元気だが、いずれ、きみには彼の財産の3分の1が遺産として譲られる」

「…………」

「もっとも、おかげでジョセフの浮気がばれて、ジョースター家は大騒ぎだ」

「大騒ぎ……なんですか？」

仗助はバツのわるそうな顔をした。

「ああ。婆さんが結婚61年目にして怒りの頂点ってやつさ」

承太郎は苦笑《にがわら》いを浮かべた。

ジョセフ・ジョースターはイギリス貴族の血をひくアメリカ人。そのひとり娘は縁あって日本人ジャズ奏者と結婚した。承太郎は、その息子でジョセフの孫。つまり仗助も承太郎もアメリカ人と日本人のハーフということになる。

ひととおり説明したところで、承太郎は、ひとまず仗助の反応を待った。

一方的に説明したところで、わからないことだらけだろう。高校生といえば難しい年頃でもある。

ところが仗助は、質問を浴びせかけるどころか、いきなり深々と頭をさげた。

「すみませんです。俺のせいでお騒がせして」

謝罪。

これにはクールな印象の承太郎のほうが、当惑させられた。

「おい？　ちょっと待ちな……いったいなにを、いきなり謝るんだ？」

承太郎はジョセフの代理としてこの場にいる。祖父が謝罪の意思を持っているのだから、謝るとすれば承太郎のほうだ。実際、承太郎は、この年下の叔父《おじ》から強い言葉でなじられることも覚悟の上で来たのだ。

「やっぱり家族がトラブル起こすのは、まずいですよ。俺の母は真剣に恋をして、俺を産んだと言ってます。俺も、それで納得してます」

　仗助は言葉を重ねる。

　いい子を演じているわけでもなく、もちろん皮肉であるはずもない。

　これが東方仗助という男なのだ。

　承太郎は察した。母親から自分の出生のあらましは聞いていたようだが……とすれば、この反応は東方朋子の性格でもあるのだろう。そうした女性でもなければ、あの祖父《ジョセフ》が本気で惚れたりもしないのだろうが……。

「――俺には爺ちゃんもいて、３人で楽しく生きてます。だから気をつかわなくていいって、その、父さんですか。ジョースターさんに伝えてください」

「…………」

「以上です」

　仗助は学生っぽく一礼すると、その場を辞そうとした。

　承太郎は息をついた。仗助に対してではなく、いろいろ身構えて、この場に来た自分に対して。

仗助本人にもだが、東方朋子に感謝しなくてはならないだろう。

であれば問題はシンプルだ。

承太郎がジョセフに頼まれて杜王町《もりおうちょう》を訪れた、本当の——遺産相続などより、もっと切迫した理由がある。

「待て……話は、まだある」

背中をむけた仗助を見る承太郎の表情は、いっそう厳しいものになった。

「——仗助。おまえ……変なものが見えたりはしないか。そうだな、喩《たと》えるなら……〝悪霊〟みたいな」

その言葉に仗助は立ちどまった。

ふりかえりはしなかったが、あきらかに強く反応する。承太郎には、それで充分だった。

「見えるんだな」

「…………」

仗助は返事をせず、むこうで待っている康一と後輩女子たちのところに歩く。

「仗助くん……話は終わったの？」

康一がたずねた。

仗助は無言だった。ひどく険しい顔をしていたので、康一は、それ以上たずねることができなかった。

「あっ、先輩の髪の毛にゴミ！」

「とってあげる」

「ダメ、ジョジョ先輩の髪の毛が乱れるって」

後輩女子たちが仗助に群がって、はしゃぎはじめた。

やれやれ、という感じで空条承太郎が声を投げた。

「おい、くだらねえ髪の毛の話なんて、あとでしな」

いいいいいいいいいいい、
あ……、という空気。

ヤバい、と感じた康一と後輩女子たちが仗助の様子をうかがう。

案の定、

「てめー……！　俺の髪の毛が、どーしたって？」

「…………？」

豹変した態度に、承太郎はまた困惑させられた。

しおらしくさえ思えていた年下の叔父が、不意にブチキレてガンを飛ばしてきたのだ。

「早く謝ってください！　仗助くんは髪の毛のことを言われると、すぐにキレるんです！」

康一が承太郎に懇願する。

「おい、待ちな。なにも、てめーをけなしたわけじゃ……」

ポケットに手をつっこんだまま立っていた承太郎は、否応《いやおう》なく身構えさせられた。

――スタンド

承太郎は知っている。それが、その悪霊《チカラ》の名だ。

仗助の周囲の空間に〝ブレ〟が生じる。

〝ブレ〟は像を結び、承太郎が〝悪霊〟に喩えたそれ、、が仗助のウチから顕《あらわ》れて〝姿《カタチ》〟を為した。

腕――逞《たくま》しい人型の腕だ。

疾風。

ヘビー級ボクサーのごとき重く鋭いパンチ。このチカラで破壊の意思を宿して殴れば、コンクリートブロックだろうが自動車だろうが砕けることを仗助は知っている。

仗助のスタンド攻撃に躊躇《ちゆうちよ》はなかった。

だが承太郎には、スタンドとその能力については一日《いちじつ》の長《ちよう》がある。歴戦の戦士でもあった。

承太郎の帽子が切り裂かれた。

直後、疾風よりも速い――あらゆる速度を置き去りにする能力《チカラ》が、刹那《せつな》のカウンターとなって仗助の体を打ちつけた。

仗助は、その場でたたらを踏んだ。

殴ったはずが、殴られていた。

「…………!?」

仗助はいぶかる。

まして康一や後輩女子たちには、なにが起きたのかすらまったくわからなかったはずだ。

気がつくと仗助の唇が切れて血が流れていた、それだけだ。

彼らには見えない。

このスタンドは、当事者である能力者――スタンド使いである承太郎と仗助にしか見えないのだ。

顎を打ち抜かれてフラついた仗助は、かろうじて踏みとどまる。

予想もしない反撃。対処できない一撃。

ふつうなら膝をついて戦意を喪失していただろう。それでも仗助を踏みとどまらせたのは闘争心だった。

仗助は承太郎をにらみかえす。

そうか、つかえるのか――と。あんたも俺とおなじような、あんたの言うところの〝悪霊〟を。

だが、そのとき承太郎は、仗助の眼前から姿を消した。

「⁉」

仗助は二度驚く。

承太郎は、気がつくといヽつヽのヽ間ヽにヽかヽ仗ヽ助ヽのヽ背ヽ後ヽにヽ立ヽっヽてヽいヽたヽ。

「え……？」

康一たちにも、なぜ、その場所に承太郎がいるのか、さっぱりわからなかった。

口から血を流している仗助の状況を見て、承太郎が仗助を殴って、さらに、うしろにまわりこんだ……結果から逆算して推測しているにすぎない。

そんなことが可能なのだろうか。まさに目にもとまらぬ速さで……！

承太郎は、こんどは康一たちにも見えるように、仗助を生身の拳《こぶし》で殴りつけた。

仗助は尻から倒れた。

「ジョジョ先輩！」

「ひどい」

「先輩、だいじょうぶ？」

後輩女子たちがあいだに割ってはいる。彼女たちは承太郎をにらみ、暴力に対して非難の言葉を浴びせかけた。

「やかましいッ！　俺は、女が騒ぐとムカつくんだッ」

一喝。

叱りつけられた後輩女子たちは、急にしおらしくなった。

「はい、ごめんなさい」

シュンとして、なぜか、ちょっと惚《ほう》けた感じで承太郎の端正な顔を見つめ、畏《かしこ》まった。

承太郎はあらためて仗助を見おろした。

「やはり、おまえも持っていたか」

「…………」

「仗助、いまのはスタンド……スタンドはスタンドを持つ者にしか見えない。そのスタンドについてだが――」

「いいっす」仗助は拒《こば》んだ。「聞きたくないっす。昨日も、そんなのを見たし」

「昨日も見た？」承太郎は顔色を変えた。「この町でか？」

それこそ、承太郎がこの杜王町を訪れた真の理由にかかわることだった。

「コンビニで強盗事件があって、そのときっす……」

仗助は思いかえす。

あのとき——人質をとってナイフで暴れていたコンビニ強盗を、仗助は彼のスタンドで叩き伏せた。だが直後、犯人の吉沢《よしざわ》という男の口から得体のしれないモノが吐きだされた。そいつは側溝《そっこう》の奥に逃げこんだ。

——ビチャッ
下水の水が跳ねた音を仗助は覚えていた。あれもスタンドだったのか。

「で……どうした？」

承太郎は問《と》い質《ただ》す。

「どうも……しないっすよ、俺、ああいうの興味ないっすから、まったく。……じゃあ」

自分を殴った相手にペコリと一礼すると、仗助は立ち去った。

呼びとめようとした承太郎だったが、思いなおして、今日のところはここまでにしておくと決めた。

この滞在は長くなりそうだ——やれやれ、と。

「あのぅ……」

康一が、おそるおそるといった様子で承太郎に話しかける。

「…………」

「なんだか変です」

帽子が。

承太郎の帽子のつばが、グニャッと、溶《と》けたプラスチックみたいに変形していた。

「直した、ということか……？」

やったとすれば仗助しかありえなかった。

仗助のスタンドは承太郎の帽子を拳で切り裂き――そして直した。ただし、ちょっとだけ歪《いびつ》なカタチに。

自分が相手をしたスタンドの能力、その片鱗をたしかめて承太郎は戦慄した。

2

杜王《もりおう》グランドホテル。

空条承太郎は、しばらく滞在する宿を決めると、携帯電話で依頼主に連絡をとった。

「――爺さん、仗助に会ったよ。あんたのかわりに殴られる覚悟で行ったが、逆に謝られた。婆ちゃんに申し訳ないとさ」

案外、頼もしいやつかもしれない。承太郎は祖父のジョセフ・ジョースターと、新しい親類について英語で話した。

キレると危ない、そもそもキレやすいのは問題だが――承太郎自身、高校生のころは似たようなものだった。ちゃんとあいさつができるだけ仗助のほうが優等生だ。

「――爺さん。仗助は、すでにこの町でスタンドを目撃している。あんたの言うとおりだ。なにかヤバい危機が、この町に迫っているかもしれねえ」

承太郎は上着のポケットから1枚のポラロイド写真をとりだした。

ふしぎな写真だった。

どこにピントがあっているのか、よくわからない。写真というよりはCGや絵画を思わせた。杜王町とおぼしき景色をバックに、被写体になっているのは薄汚れたコートを羽織った男。

片桐安十郎《かたぎりあんじゅうろう》だった。

3

夕刻。

人であふれている杜王駅前の繁華街を歩いていた男は、立ちどまり、結った長髪をゆらしてふりかえった。

さっきから彼を尾行している相手を、鋭い目線で射貫く。

男が一度、矢で射殺した男――片桐安十郎が物陰から姿を現した。

＊

待ちあわせをしていたわけではない。

スタンド使い同士は、知らず知らずのうちにひかれあうことがあるという。

あの夜、ふたりは出会った。それ以来の再会だった。

「俺も、あんたを感じたよ。ああ、俺たちは仲間だ」

安十郎は言った。

小洒落《こじゃれ》たレストラン。ナイフとフォークで上品に肉を口に運ぶ相手の男に対して、安十郎は汚らしく鳥の腿肉《ももにく》にかじりついていた。

「……………」

「育ちは、まるでちがうがな」

なれなれしく仲間と呼びながら、安十郎の口調にはあきらかな皮肉が混ざっていた。

相手の食事の仕方から、自分とはちがうと感じたのだった。安十郎にはわかった。この弓と矢の男は、ヤバいやつだが底辺《クズ》ではあるまい。

安十郎は野良犬みたいに肉を貪《むさぼ》ると、つづけた。

「あの弓と矢は、どこで手にいれた」

「おまえには関係ない」

男は静かに応じる。

「だったら俺も自由にやるぜ。俺の遊びをジャマするヤツは許さねえ」

「……ジャマをされたのか?」

男は食事の手をとめて、はじめて安十郎の話に興味を示した。

「ああ、高校生のガキにな……あの野郎、正義の味方のつもりか。絶対に、ぶっ殺してやる」

　安十郎と対面している男のグラスの中身が、地震でもないのにふるえはじめる。

　なにかが、いる、

〈アクア・ネックレス〉――安十郎がそう名づけた、水をあやつる能力で遊んでいるのだ。

「自分の父親もジャマだから刺したのか」

男は安十郎の素性まで知っているようだ。つまり調べたのか。あの夜、弓と矢で安十郎を射たのは、たまたまではなかった。安十郎は狙われた。理由は――親殺しの連続殺人犯《クズ》だから、か。

「そうさ、俺がこうなったのはぜんぶ、あの男のせいだ。あの男には憎しみしかなかった」

　あの父親《おとこ》は負け組だった。

　みじめに年老いるだけの人間だった。

　父親を殺したあと、安十郎には後悔や良心の呵責《かしゃく》などかけらもなかった。あったのは解放感、安堵、ひとり立ちできたという自信。もっとも裁判でそんな思い出を告白することはないだろう。

「――あんたはどうだ……？　たとえば、親が憎くないか？　いいぜ、いつだって俺が始末してやる」
安十郎は他愛のない冗談のつもりで言った。
次の瞬間、
乾いた音を立てて、鳥の骨が載った料理の皿が粉々に砕けた。
安十郎はひるんだ。
そう……持っていないわけがない。能力を——この弓と矢の男自身が。
そして、それがどんな能力か安十郎は知らない。

ババババババババババッ…………………！


連続する破裂音とともに、安十郎は椅子ごとひっくりかえされた。

椅子の脚が、折られていた。なにかが顔をかすめて床を撃ち——そう、撃ち抜いていく。

ほかの客たちには、安十郎が酔っ払って倒れたようにしか見えなかっただろう。

だが、安十郎には見えた。

相手の〝姿《チカラ》〟そのものは、どこにいるのかわからなかったが、その効果が間接的に見えた。

「冗談だ……！」安十郎は、床に穿《うが》たれた銃痕のような小さな無数の穴をたしかめて、ゾッと冷たい汗をかいた。「俺は、あんたには逆らわねェ……あんたは俺を自由にしてくれた……恩人だ」

奇妙だが、あの夜、この弓と矢で射殺されたことで、安十郎をジャマするものはなくなった。

警察や国家権力、忌まわしい父親の記憶さえも。

すべてが、とるに足りないのだ。

片桐安十郎という命の可能性は、あの夜、彼の弓と矢によって解き放たれた。

「おまえの運命だ」

好きにすればいい、と。彼の能力の一端を垣間見せた弓と矢の男は、静かに食事をつづけた。

「あんたの目的はなんだ……？　あの弓と矢で、俺のような能力者を造りだして、なにをするつもりだ」

安十郎はたずねた。

近頃、杜王町で起きている連続不審死事件のうち、安十郎が身に覚えのないものは、この弓と矢の男の仕業だったのではないか。

では、あの妙な髪型をした高校生のガキはどうなのだ。安十郎にとっては、それら一連のことは気がかりではあった。

答える義理があるわけもなく、弓と矢の男は黙々と食事をつづけた。

4

東方家。

「——父さん、塩かけすぎ」

夕食どき、家族3人が揃うことは以前ほど多くない。朋子は仕事があるし、息子の仗助が大きくなったので手間もかからなくなった。良平《りょうへい》は夜勤のある警察官だ。近頃は、例の連続不審死事件のせいで家をあけることが多くなった。

良平は大好きなブランデーのグラスを片手に、家族の食卓を楽しんでいる。

「こうやって一日の最後を娘と孫とすごし、美味《うま》い酒を飲む。これで町が平和になれば、言うことはないな」

「ねぇ、杜王町は本当にだいじょうぶなの？」

朋子は不安を口にした。

「心配するな、すぐに解決するさ」

「そう？」

「この町の人間を信じろ。根っから悪いやつなんて、そうそういやしないよ」

良平は笑った。

勤続35年。交番勤務をつづけてきた警官の言葉だった。

根っからの悪人などいない。とくに若者には。

「爺ちゃんらしいぜ」

母の料理を口にしながら、仗助は言った。

だからこそ、あのコンビニ強盗事件は良平にとってショックだったのだ。犯人の吉沢という青年には、良平が世話をして更生した過去があった。

「仗助、おまえもな……そうやって無事に生きていることを感謝しろよ。なんたって、おまえは4歳のときに一度死にかけた。だけど、いまは元気で生きている、おまえは生かされたんだ」

「おお」

応じると、仗助は自慢の髪型を指で整えはじめる。

「もう、あれから13年だ……」

「父さん、またその話?」

飲みすぎよ、と朋子がたしなめる。

仗助は4歳のとき、突然の高熱を発した。大雪のなか、朋子が病院の救急外来まで車を走らせ、どうにか一命をとりとめた。そういう話だ。

「バカたれ。この程度の酒で酔ってたまるか」

良平は顔を曇らせる。

壮健そのものだった彼も、寄る年波には勝てず、健康診断の結果はいつも「お酒を控えましょう」だった。美味《おい》しそうにブランデーを舐める顔は真っ赤になっていた。こうなると良平は、じきに眠ってしまうのだ。


朋子はソファで横になった父の寝顔を眺めた。

「楽しいのね、仗助との時間が」

「だけど働きすぎだぜ、最近の爺ちゃん」

仗助は祖父の健康を案じた。

「必死なのよ、町を守るために」

ただの巡査長にはすぎた責任感かもしれない。でも良平は、そういう男だ。そして家族に信頼されていた。

仗助は良平に毛布を被せた。

「なぁ……おふくろは、もう結婚とかいいのかよ」

「なによ、急に」

朋子は、息子にそんなことを言われるとは思ってもいなかったので、返事に詰まった。

「――いいの、男なんて興味なし」

「…………」

「私の恋人は生涯ただひとり、おまえのお父さんだけ」

「……そんなにいい男だったのかよ？　そいつは」

「いい男よ」母は、なぜだか自信たっぷりだった。「そうね、仗助もあの人に似てきたかも」

似ている。

あの年上の甥――空条承太郎は、なぜだか自分に似ていると仗助は感じた。それがジョースター家の血、遺伝子というやつだとしたら、ジョセフ・ジョースターと仗助も……。

「知らねーよ。会ったことねえし……似てんなら、爺ちゃんさ」

仗助はソファで眠る良平を見つめた。

外見のことではないのだ。東方仗助という男は、この祖父と母を見て育ったのだから。

「そうね」

朋子は肯《うなず》く。とてもも幸せそうに、ほほえんだ。

5

朝、広瀬康一がクロスバイクを走らせていると、行く手にあの髪型が目にとまった。

「あ、仗助くん！」

自転車を加速する。

海岸道路の歩道で、立ちどまって海を眺めていた学生服の男子生徒を、やや強引に追い抜いた。

そこで康一はハッとしてブレーキをかけた。

「おはよう、康一くん」

「あっ……おはよう」

山岸由花子《やまぎしゆかこ》だ。まるで……いいや、まちがいなく康一を待ち構えていたのだろう。

「じゃあ宿題の確認、英語のおさらいね」

「……はい」

康一は仗助に追いつくのをあきらめて、自転車を降りた。

今朝《けさ》の由花子は、なぜだかうれしそうだ。

「ねぇ……私を見て、なにか気づかない？」

「えっ？」

突然、質問されて、英語の宿題のことばかり考えていた康一は不意を衝《つ》かれた。

「私、どこか変わったでしょ」

試されているのだった。康一は挙動不審になる。

「どこだろう……？　か、髪型？」

「昨日とおなじ」

由花子は冷たい視線をかえす。

「えーと、あっ、目？　鼻？　唇？」

康一はしどろもどろになって列挙したが、これが藪《やぶ》をつついて蛇を出してしまった。

「本当にわからないの？」

由花子は不機嫌をあらわにした。

両手をあげて、指をすべてつきだす。

「あっ、爪です」

「うれしい！　康一くん、気づいてくれたのね」

由花子は花でも咲いたみたいな笑顔になり、すっかり機嫌を直した。

「…………」

「爪やすりをつかって何時間もかけて磨いたの。それから艶を出すために何万円もする特別のクリームを塗って……康一くんなら、私のすべてに気づいてくれると信じていたわ」

「…………」

登校途中の、まわりの生徒たちの視線が痛い。

康一は恥ずかしくて目を伏せた。

なぜ自分なんかが、こんなにも山岸由花子に好意をむけられるのか、よくわからない。

こうして笑顔でいてくれるときの彼女は、とてもかわいらしいのだが……ひとたび期待を裏切れば、あの殺気を宿した視線で刺されるのだ。

――康一くん！

遠くから呼びかけられて、康一はわれにかえった。

顔をあげると、

「えっ？」

康一は思わず自転車のハンドルを放してしまった。

クロスバイクが道路に倒れる。

由花子が——いまさっきまで目の前で話していた相手が、離れた場所にいた。

おたがい動いていないはずなのに。現実に、康一と由花子は数メートルも離れて立っていたのだ。

まるで……瞬間移動したみたいに。

康一は泡を食って、キョロキョロあたりを見まわす。

「もう……康一くんたら本当に世話が焼けるんだから」

歩み寄って、クロスバイクをひき起こした由花子は、ふと、なにかに気づいてむこうを見た。

少し離れたところで海を眺めている、さっき追い抜いた男子生徒がいた。

サイドの髪をシルバーに染めて、剃り込みを入れ、眉毛を細く整えている。見るからに不良《ワル》そうな生徒だ。

そして、なにを思ったのか——由花子は、いったん起こしたクロスバイクをぽいっと放って倒すと、康一を置いて先に行ってしまった。

6

スタンドとは。

生命エネルギーが作りだすパワーあるヴィジョン。由来は「傍らに現れて立つ《Stand by me》」から。悪霊や守護霊に喩えられるが、スタンドは自分自身でもあり、本人の性質が反映されるともいう。

スタンドのすべてを知る者はいないだろう。空条承太郎でさえ。

ただ、ルールはある。


スタンドが見えるのはスタンドをつかう者——スタンド使いだけ。

スタンドが傷つくと本体の人間も傷つく。

スタンドは使い手の意思で動く。それが意識的であれ無意識であれ。スタンド使いとして強くありたければ、その能力に熟達し、つかいこなさなくてはならない。

東方仗助がスタンドを自覚したのは彼が４歳のときだった。高熱を発して、生死の境をさまよったときだ。

それは承太郎やジョセフがスタンドに目覚めた時期とも一致している。そのときジョースター家の血統に連なる者の多くが、おなじ原因でスタンドに目覚めた。

スタンド使いにはふたつの種類がある。

生まれながらに資質が備わり、自然に能力を開花させる先天的な使い手。外的な要因によって、その能力を獲得する後天的な使い手。ジョースター家の人間は前者。そして、あの弓と矢によってスタンドに目覚めた片桐安十郎は後者だ。

＊

空条承太郎が、祖父ジョセフ・ジョースターの依頼で杜王町を訪れた理由は、ふたつ。

まず、親族として東方仗助とコンタクトをとること。

そしてスタンドをめぐる、仗助にもかかわる危機を知らせて、調査にあたることだ。

コトが、この杜王町で起きた以上、仗助は知らなくてはならなかった。

杜王グランドホテルの部屋には、壁一面に新聞やネットの記事をプリントしたものが貼られていた。

それらは、すべて、ひとりの犯罪者にかかわるものだ。

「片桐安十郎、通称アンジェロ……これまでに少なくとも7人を殺害、殺人未遂は13、最初の被害者は父親」

警察の手配書の写真。そして、もう1枚——例のポラロイド写真を並べる。

杜王町の街並みを背景に、片桐安十郎の姿が写っていた。

だが、そんな記念写真のような構図の写真を、なぜ承太郎が持っているのか。さらには背後の空に浮かぶ、ぬめりとした胎児を思わせるイメージは……。

——この杜王町を蝕《むしば》んでいる危機の元凶が、片桐安十郎であるなら、
ジョセフ・ジョースターがスタンドで念写した、この写真に写ったモノが片桐安十郎のいいいいいいいいいいいい、スタンドなのだ。

ジョセフ・ジョースターのスタンドは〈隠者の紫《ハーミットパープル》〉という。外見は茨《イバラ》の姿をしており、カメラを用いた念写によって様々なことを遠隔視して、予兆を得ることができる。

東方朋子の子供の存在を知ったジョセフの心に浮かんだのは、会いたいというよりもまず、まだ見ぬ息子を案じる気持ちだったようだ。

自分とおなじようにスタンドに目覚めているのではないか、と。

ジョセフはスタンドで仗助を念写した。

すると、なぜかはわからないが、写ったのはこの片桐安十郎だった。

誕生すら知らなかった息子――〈ハーミットパープル〉は、その危機を予兆した。

「片桐安十郎《ヤッ》が警察官を殺害し、杜王警察署を脱走したあとの変死事件は6件。死因はすべて内臓破裂……」

仗助は、コンビニ強盗事件の犯人に〝悪霊〟がとり憑《つ》いていたと言っていた。

「――外からではなく、まるで体内から何者かが切り裂いたような傷……」

まだ気になることはあった。

片桐安十郎が父親を殺したのは、ずっと昔のことだ。一方、杜王町で連続不審死事件が起きたのは、ここ数か月間のこと。そして、すべての死因が内臓破裂というわけではなかった。同様の内臓破裂による死者は、片桐安十郎がいったん逮捕されて、警察署から脱出して以降にのみ発生している。

これは、片桐安十郎がスタンド能力に目覚めたのは最近だと示唆していた。

「公衆トイレ、海岸、公園の水飲み場……事件はいつも水場で起きる。それがヤツのスタンドの特徴……」

承太郎は窓の外を見た。

いまにも雨が降りだしそうだ。承太郎は携帯電話を手にした。

*

ぶどうヶ丘高校へとつづく道。

半地下になった道沿いの倉庫から、一日中、小窓越しに道を監視している男がいた。

薄汚れたコートの男は、片桐安十郎だ。

「…………」

あの日、コンビニ強盗をジャマしたガキを捜していた。

杜王町には5万人以上が住んでいる。それでも高校生の行動範囲なんてものは、たかがしれていた。あのときヤツにまとわりついていた女子高生の制服は、ぶどうヶ丘高校のものだった。であれば、この通学路沿いで待っていれば、かならずまた会える──確信があった。

「…………!」

網にかかった獲物を感じ、安十郎は蜘蛛《くも》のように動き小窓に顔を寄せた。

あいつだ。あの変な髪型──忘れるはずがない。

安十郎のジャマをした、〈アクア・ネックレス〉とおなじ、あの能力を持つ者だ。

倉庫から出て、尾行をはじめる。

夕暮れ空に、いまにも降りだしそうな黒い雲の流れをたしかめると、安十郎はさらに自信を深めた。

＊

「――ただいま」

帰宅した東方仗助がリビングにあがったとき、２階からドスンと大きな音が響いた。

思わず天井を見あげる。上は、祖父の部屋だ。

「爺ちゃん！」

何事か。仗助は鞄《かばん》をソファに投げて階段を駆けあがり、祖父の部屋に飛びこんだ。

良平《りょうへい》は、

「おう、おかえり」

「……なんだよ、いまの音」

「わるい、落とした」

良平はトレーニングをしていた。どうやら手をすべらせて、バーベルを床に落としたらしい。

　仗助はガクッとなった。

「爺ちゃん、無理するなって。腕ふるえてんじゃんか」

「バカ言うな。ヤワな体で町の平和が守れるか。えーと……98、99、100！」

　無理をして重たいバーベルをつかってもケガしやすいだけだというのに……。もっとも良平が鍛えているのは、筋肉ではなく警察官としての根性なのだったが。

「──この町の人間は俺が守り、助ける。それが俺の人生だ」

「演歌かよ。俺は勘弁だからな、そういうの」

「そう言うな。そもそも仗助の仗の字は……」

「だから勘弁だって」

　仗助はため息をついた。自分の名前の由来については、耳にタコができるほど聞かされてきた。

「……まあいいさ。俺は俺、おまえはおまえだ」

　良平はマットに寝そべると腹筋運動をはじめた。仗助は呆れて部屋を出た。

　そのとき仗助の鞄のなかで、携帯電話がマナーモードで鳴った。しかし2階にあがっていた仗助は、その承太郎からの着信に気づかなかった。

*

東方仗助の携帯電話に連絡した空条承太郎だったが、相手は電話に出なかった。

とくに伝言は残さず、切る。

「…………」

小さな胸騒ぎ。

承太郎は資料をまとめると、急いでホテルの部屋を出た。

7

片桐安十郎は、尾《つ》けていた高校生が入っていった家の前で、なにげなく立ちどまった。
チラ、と表札をたしかめる。
――東方良平　朋子　仗助
ひがしかた……と読むのか。りょうへい、ともこ、じょう……じょうすけ。家族は3人。

その名字に安十郎は覚えがあった。

あの夜だ。

オムライスとトマトケチャップの味が口のなかに蘇《よみがえ》って、無意識に舌なめずりをした。弓と矢によって片桐安十郎が新しい運命に目覚めた夜。あのとき被害者の携帯電話にかかってきた電話に登録されていた相手の名前だった。

——東方良平巡査長
「あのときの警官か」

おもしれェ、と。こういう因縁は嫌いではない。

片桐安十郎は、少し歩いた先にあった、住宅地のなかの公園に腰を落ちつけた。

雨が、降りはじめる。

公園に置かれていた大きな岩が濡れていく。

水飲み場の前で、安十郎は両手を広げて、気持ちよく全身で雨を浴びた。

「さぁ、どこにも逃げ場はないぜ」

水道の蛇口から勢いよく水が噴き出した。

ふれてもいないのに蛇口がひらいた。安十郎が放ったスタンドは、水柱のなかを蛭《ひる》のように体をうねらせてつたい、逆流、そのまま水道管の奥へと潜りこんでいった。

「行け〈アクア・ネックレス〉……一家、みな殺しだ！」

＊

仗助は冷蔵庫から瓶入りジュースをとりだして、ひと息に飲みほした。

そこに、帰宅していた朋子が、よそ行きの格好で現れた。

「お父さん、なにかあったの？」

「なんでもねえよ。あれは鉄人ジジイだ」

「ホントね」

「出かけんのか？　外は雨だぜ」

夕食前だというのに、どこに行くのだろう。

「〈トラサルディー〉……美味しいイタリアンのお店を見つけたの。あんたも行く？」

そういえば友人とディナーの約束があるとか、そんなことを言っていた気がする。とすると今夜は、良平とふたりで晩飯ということになるわけか。

朋子はキッチンに歩くと、いつも飲んでいるサプリを手にした。

コップに水道の水をそそぐ。杜王町の水道水は良質で、ミネラルウォーターはあまり飲まない。

「…………！」

仗助は立ちあがった。

ジュースの空き瓶を手にして、その栓《せん》を閉めながらキッチンへと——動く。

コップの水を飲んだ朋子の口元で、黒い影がぬめっと動き、喉《のど》に潜りこんでいったのが見えた。

仗助の意思はスタンドとなる。


——〈クレイジー・ダイヤモンド〉！


それが仗助のスタンドの名だ。

人型の腕が、栓をしたままの空き瓶を握ると、驚異的なパワーで朋子の背中を殴りつけた。

血の霧が噴く。

拳は朋子の体を抉《えぐ》り抜いた。

即死——

「…………！」

する間もなく、空き瓶を握りつぶして砕いた〈クレイジー・ダイヤモンド〉の腕がひき抜かれたとき、朋子の体に穿《うが》たれた穴は跡形《あとかた》もなく消えていた。

治ったのだ。

傷も、破れた服も、もとどおりになおっていた。

〈クレイジー・ダイヤモンド〉の能力は、なおすこと。

壊れた物を直し、傷ついた者を治す。

つまり空き瓶も——いったんコナゴナのガラス片になった瓶は、栓の閉まった状態にもどって仗助のスタンドの手に握られていた。

その姿は、さながら戦士。

筋骨隆々の肉体に、蒼白き金剛の装甲をまとう。仗助のスタンド〈クレイジー・ダイヤモンド〉だ。

「——行くの？　行かないの？」

朋子はいつもの様子で言った。

「俺はいいや」

仗助も、なにごともなかったかのように答える。

朋子はコップを置いた。

彼女はなにも気づいていなかった。スタンドはスタンド使いにしか見えない。空き瓶は、仗助が後ろ手に隠している。

「——じゃあね、行ってくる。あっ、お風呂の支度《したく》」

「いいよ、俺がやっとく。早く行けって」

仗助は母親を急《せ》かした。

朋子は、あとのことは息子に任せて、傘を持って出かけていった。

母親が行ったのをたしかめると、仗助は手にした瓶の中身をたしかめた。

空っぽだったはずの瓶は、液体で充たされていた。


——ゲッ……


くぐもった、奇怪なうめき声があがる。

液体のなかから異様なモノ——蛭のようにうごめく、全身に目の模様が刻まれた胎児のようなナニかが現れた。

「うわ」

仗助は覚えていた。コンビニ強盗にとり憑いていたヤツだ。スタンドだ。

＊

杜王グランドホテルを出て、空条承太郎が崩れかけた空模様を仰いだとき、携帯電話の着信音が鳴った。

『——承太郎さんですか』

「仗助か」

『すみません。さっきの電話、気づかなかったっす』

折り返しの電話だった。

承太郎は、すぐに本題に入ろうとした。

「おまえに話がある」

『俺もっす』仗助は意外なことを報告した。『スタンド……でしたっけ？　捕まえちゃったみたいです』

「なに……？」

『昨日、話したやつです。こいつ、今度はおふくろの口のなかに入りやがって……』

先日、コンビニ強盗にとり憑いていたスタンドだという。

「それを……捕まえたのか？」

『はい、瓶のなかに閉じこめてやったんすよ』

仗助は、敵のスタンドを閉じこめたという瓶をチャプチャプと振って、電話越しに音を聞かせてみせた。

話を聞いて、承太郎は状況を整理した。

仗助は、水道管からコップの水を経て、母親の体内に入りこもうとした敵のスタンドを、彼のスタンドで空き瓶に閉じこめた。

瓶に閉じこめられた敵のスタンドは、逃げられずにいる。

水に関係した能力を持っているそいつは、水をつたって移動し、遠隔操作ができるタイプだと推測できた。人体は60パーセント前後が水だというが、体内に潜りこんで内臓破裂をひきおこすこともできる。だが瓶などで密封されて本体と遮断されてしまうと、パワーを失うようだ。

「いまからおまえの家にむかう。俺が着くまで、そいつをしっかり見はっていろ」

『これ、やばいやつすか?』

「そのスタンドをあやつっているのは片桐安十郎……通称アンジェロ。脱走中の凶悪な殺人犯だ」

承太郎はポラロイド写真と、そこに写ったスタンドを見た。仗助にたしかめると、スタンドの外見も一致しているようだ。

『アンジェロ……すか』

「ああ。そいつは、おそらく水を通して人間の体内に入りこみ、内側から破壊する」

『マジっすか。了解っす』

仗助は素直に答えた。承太郎は、ひとまず通話を切った。

しかし、それにしても、

「了解っす……か」

まさかスタンドを捕らえてしまうとは。やはり、たのもしいやつかもしれない。

Diamond
is
Unbreakable

(三)

雨、片桐安十郎《アンジェロ》

1

承太郎《じょうたろう》との通話を切ると、仗助《じょうすけ》はあらためて瓶をのぞきこんだ。

ところが……敵のスタンドの姿がなかった。気がついたときには、瓶には濁った水だけが入っていた。

「絶対に逃がすな……とさ。甥《おい》っ子《こ》のくせに、あいつ、ちょっと生意気だぜ」

八つあたりのように、いきなり瓶を激しく振る。


——グバァッ！


水の濁りが消えたかと思うと、液体そのものに姿を変えていたスタンドが姿を現した。

胎児のようなスタンドは、あきらかに苦しんでいる。

水をあやつる能力だ。水に変身することもできるだろう。そんな小細工に仗助は騙されない。姿が消えて、あわてて、たしかめようとして瓶の栓《せん》を開けてしまえば敵は逃げてしまうところだ。

仗助は瓶をテーブルに置くと、承太郎が来るまでテレビゲームに興じることにした。

＊

「――グバァッ！」

片桐安十郎《かたぎりあんじゅうろう》は、目に見えないパワーでその体を跳ねあげられて、公園の泥だまりに叩きつけられた。

彼のスタンド――遠隔操作している〈アクア・ネックレス〉を介して、東方家《ひがしかたけ》のリビングでなにが起きているのかはわかる。東方仗助《あのガキ》がなにをしくさっているのかは。

だが、どうしようもなかった。

ガラス瓶で遮断されたことで〈アクア・ネックレス〉はパワーを半《なか》ば喪失し、安十郎は、ほとんどスタンドを操作することができなくなった。

そしてスタンドが敵の攻撃によってダメージを受ければ、本体のスタンド使いもダメージをうける。

「くそガキがぁ……！　なんとかして、あの瓶から抜けださねえと……！」

絶対にブッ殺してやる。

泥水でずぶ濡れになりながら安十郎は殺意をあらわにした。

2

リビングで仗助がテレビゲームをしていると、2階から祖父が降りてきた。

「爺《じい》ちゃん、飯《メシ》は?」

「先に、風呂に入るよ」

汗を流したい、と言って良平《りょうへい》はバスルームにむかおうとした。

「あっ、やべえ」仗助は思いだした。「風呂の支度《したく》、忘れてた。すぐやるよ」

「おう、ゆっくり待ってるさ」

仗助はゲーム機のコントローラーを置いてバスルームにむかった。

そんな祖父と孫の会話を、片桐安十郎《アクア・ネックレス》は瓶のなかで聞いていた。

様々な情報を手にした。

この家は祖父、娘、孫の３人家族であること。

仗助はジョウタロウという人物と連絡をとっていること。ジョウタロウは安十郎《アンジエロ》を知っているらしいこと。

能力のこと——スタンドと呼ぶらしい。東方仗助はもちろんジョウタロウというヤツも、スタンド能力者なのかもしれない。

だが、敵が何人いようと〈アクア・ネックレス〉の敵ではなかった。この瓶から脱出できさえすれば……！

安十郎《アクア・ネックレス》は観察をつづけた。

なにか……なにかあるはずだ。

いま、家にいるのは仗助と東方良平だけだ。あの巡査長はスタンドの存在を知るまい。

なんとかして仗助が風呂にいるうちに、ヤツの注意をこの瓶に——

良平がブランデーの空《あ》き瓶を手にキッチンへむかい、ストックを探しはじめる。

それを見て、安十郎《アクア・ネックレス》は行動に移った。

ふたたび液体化して姿を消すと、次に、飴色《あめいろ》のブランデーの色に変わる。さらに酒造メーカーのロゴを、それらしく内側から作りだした。

ピチャン、と水が跳ねる小さな音がした。

閉じこめられた〈アクア・ネックレス〉にとって、死力をふりしぼった行為だった。

それでも東方良平の注意を、こちらにむけるだけの役には立った。

めずらしい形をした、有名ブランデーメーカーの瓶。それだけで良平の興味をひくには充分だった。

「朋子《ともこ》だな……ありがたい」

持っていたブランデーの空き瓶を置くと、良平は、その変わった瓶を手にして飴色の液体をのぞきこんだ。

＊

湯張りをしたバスルームから仗助がもどってくると、ドシン、と、また大きな音が響いた。

「なんだよ……どれだけ鍛えんだよ」

天井を仰いで、仗助は呆れた。良平がまたトレーニングをはじめたらしい。

バスタブにお湯が溜まるまでの時間を潰そうとテレビに目をやる。

「…………」

と、気づく。

違和感——なにかが変だった。リビングを見まわした仗助は、ほどなく気づく。

ない。

ジュースの瓶がテーブルの上からなくなっていた。

まさか……！

「爺ちゃん！」

仗助は2階へ駆けあがった。

祖父の部屋に飛びこんだ仗助の前にあったのは、信じられない光景だった。

良平が床に倒れていた。

その傍《かたわ》らに、仗助が敵——片桐安十郎のスタンドを閉じこめた瓶が転がっていた。瓶の栓は開いており、液体がこぼれだしている。飴色の、ちょうど祖父が大好きなブランデーとおなじ色の。目を疑ったのは、そのジュースの瓶に酒造メーカーのラベルが貼られていたことだ。

良平はブランデーとまちがえて瓶の栓を開けてしまった。

そして見る間に、瓶のラベルはカタチを失って液体に溶けていく。

「爺ちゃ……！」


——おめーがわるいんだぜ。


殺人犯の声に、仗助は慄然とふりかえる。

瓶の口からこぼれた液体は、良平の口元まで跡をひき、その内臓を破裂させ——ぶちまけられた血の跡に沿って床を這い、いまは仗助の背後にまわりこんでいた。

片桐安十郎《アンジェロ》のスタンドだ。

「いい気になってるやつが絶望の淵に足をつっこむ……ああ、気分が晴れるぜぇぇぇぇぇーッ」

スタンド——〈アクア・ネックレス〉が片桐安十郎の声でしゃべる。

会ったこともないはずだ。しかし片桐安十郎は仗助を認識していた。仗助の生活する杜《もり》王町《おうちょう》に何十年も潜み、そして襲ってきたのだ。

幸せな家族を、みな殺しにするため。

「てめえ！」

仗助は吠える。

——ドララララアーッ！

〈クレイジー・ダイヤモンド〉の拳《こぶし》の一撃で〈アクア・ネックレス〉は砕け散った。

＊

東方家の玄関前に立った空条《くうじょう》承太郎は、２階から響いた仗助の怒声を聞いたとき、迷いなく玄関を蹴破った。

階段をのぼり、ドアのひらいていた部屋に飛びこむ。

「仗助……」

壁が、大きな鉄球をぶつけたかのように凹《へこ》んでいた。ぶちまけられた液体のシミを見つめて仗助は立っていた。

ここで、スタンド同士の戦闘があったのだ。

「承太郎さん……ごめん、グチャグチャだ。潰しちまったかも」

グチャグチャ、というのは敵のスタンドのことだ。

「…………！」

承太郎は仗助の祖父——良平の異変に気づいた。

「爺ちゃんが……瓶の栓を開けちまった。でも心配ないぜ、ちょっとした傷だ」

内臓を破裂させられ、口から血を吐いて倒れている祖父の体に、仗助は手をかざした。

その手にスタンドの手のイメージが重なる。

強い意志——すると、たちまち良平の傷が塞《ふさ》がっていった。

直すこと、治すこと。それが仗助のスタンド〈クレイジー・ダイヤモンド〉の能力だった。

「こんなキズぐらい簡単に……ほらね。さぁ、治ったぜ、爺ちゃん」

すっかりもとどおりになった祖父を見て、仗助は安堵した。

そのとき階下から、ガラスの割れる音がたてつづけに響いた。

3

承太郎が階段を駆けおりると、リビングではさらなる異変が起きていた。

家じゅうが水浸しだった。

蛇口が全開になってシンクから水があふれている。ワインなどの瓶という瓶が割られて、ひどいありさまだ。

承太郎は慎重に歩を進め、蛇口を閉める。


――誰なんだ……おめーがジョウタロウか？


声に、承太郎は天井を仰ぐ。

「なんだ」姿なき声が反応する。「やはり俺の声が聞こえるのか。おめーも……」

「片桐安十郎《アンジェロ》、貴様のスタンドだな」

承太郎は名指しした。

おまえの正体はわかっている、と。そしてスタンドの声が聞こえたということで、承太郎は自分もスタンド使いであることを誇示した。

やや間があった。

否定はしないらしい。敵――安十郎の声がかえった。

「まあ、いいさ。おめーから始末してやる」

床から水柱が立ちあがった。

不敵にも〈アクア・ネックレス〉は承太郎の真正面に姿を現した。

承太郎はとっさに自分の口を塞いだ。

〈アクア・ネックレス〉は素早く、水から水へと尾をひきながら移動しつつ、承太郎に襲いかかるタイミングを計る。

その戦いの最中、もうひとりが階段を駆けおりてきた。

「てめえ、絶対に許さねえ」

仗助だった。祖父を傷つけられて、髪の毛が逆立つほどの怒りを殺人犯のスタンドにむけた。

「やべえ、やべえ」

2対1で、まともにやるのは得策ではない、と。〈アクア・ネックレス〉はいったん体を液化させて、水浸しの家のなかを移動、退避した。

〈アクア・ネックレス〉の姿を見失った承太郎と仗助——その仗助の足元から水柱が立ちあがった。

仗助は不意を衝《つ》かれた。その体を這って〈アクア・ネックレス〉が口から侵入しようとする。

承太郎が動いた。

「〈スタープラチナ・ザ・ワールド〉！」


時はとまる。


空条承太郎のスタンド〈星の白金《スタープラチナ》〉は、あらゆるスタンドのなかで最強クラスのパワー、スピード、そして精密さを誇る。

その姿は、人型。

青緑、あるいは紫――スタンドの色というのは定かではないのだが、黒髪をなびかせた雄々しい闘神のごときオーラをまとっている。

かつて高校生だった承太郎が、ジョースター家代々にわたる宿敵と戦った折、最後に目覚めたのが〈スタープラチナ〉の「時をとめる」能力だった。

静止した時間のなかで。

唯一、動くことができる〈スタープラチナ〉は、まず仗助の体をリビングに押しやった。

そして、仗助の体内に入ろうとしていた〈アクア・ネックレス〉を、その最強の拳にとらえる。

連打《ラッシュ》。

この世界で、動けるのは承太郎とそのスタンドだけだ。〈アクア・ネックレス〉はなされるがままに殴られつづけた。

――オラオラオラオラオラオラオラオラオラオラオラオラオラオラオラオラオラオラァ！

時は動きだす。


時は動きだす。


刹那《せつな》のうちに数十発の連打を受け、〈アクア・ネックレス〉は原型もとどめずグチャグチャになって天井に打ちつけられた。

押された仗助はバランスを崩して、尻もちをついている。

「なんだ……なにが起きた……!?」

「…………?」

安十郎と仗助は戸惑った。時がとまったことを認識できる者は、いない。

「だけど無駄だ。誰も、俺を倒せねえ」

遠隔操作された〈アクア・ネックレス〉は、ほとんど無傷だ。

いくら水を殴ってもダメージは通らない。

と、いうことだ。スタンドとスタンドの戦いは、しばしば互いの能力によって相性が生じるのだ。

笑い声とともに、〈アクア・ネックレス〉は天井に起こされた波紋のなかに消えた。

水浸しのリビングは一転して静まりかえる。

仗助は承太郎を仰いだ。

その年上の甥の手をつかんで、立ちあがる。

「時間をとめる。それが俺のスタンド――〈スタープラチナ〉の能力だ」

承太郎は簡潔に説明した。もちろん無制限ではなく、とめられる時間は調子がいいときで数秒ほど。

「…………！」

途方もない、といった表情を仗助はかえす。はじめて承太郎と出会ったとき、気がついたら殴られてうしろにまわりこまれていたのは、そういうわけだった。

もっとも承太郎に言わせれば、モノをなおす――いわば時間を遡行《そこう》させる仗助の〈クレイジー・ダイヤモンド〉の能力のほうが、よほどなのだが。

仗助は、祖父を傷つけたスタンド使い――片桐安十郎《アンジェロ》という殺人者を追おうとした。

「冷静になれ」承太郎が諭《さと》した。「仗助……外は雨、ヤツは自由自在だ」

「………」

「ヤツが体内に入ったら、おまえはどうなる？　おまえは自分の傷は治せない……ちがうか？」

承太郎は、仗助の唇に残ったままの傷から、そう思いあてた。

先日、承太郎が仗助を殴ったときの痕《あと》だった。

「ああ、死ぬでしょうね」仗助は認めた。「そのときは……でも俺は、別に冷静ですよ、全然ね……チコッと頭に血がのぼっているだけっす」

――ボフッッ

突如、キッチンの湯沸かし器からお湯が噴きだした。

蒸気はたちまち部屋に広がっていく。

「仗助、こいつは罠だ」

「でしょうね」

蒸気とは水だ。仗助が湯沸かし器をとめようとしたが、つづけてテーブルの湯沸かしポットがひっくりかえって熱湯がぶちまけられる。さらには廊下からも湯気がリビングに流れこんできた。

「風呂か」

広がる蒸気のなか、承太郎は敵のスタンドらしき影をとらえた。

オラァ！　と〈スタープラチナ〉が殴る。

パワーを乗せた拳も、水蒸気にまぎれた〈アクア・ネックレス〉をとらえることはできない。

「もう、おまえらは、どこにも逃げられねえ」

安十郎は、この家を蒸気で支配したのだ。ここは〈アクア・ネックレス〉のテリトリーだ。

「仗助……どう切り抜ける？」

試みに、といった感じで承太郎がたずねた。

仗助は室内を見まわした。

と、シンクにかけられたゴム手袋が目に入った。母が洗い物をするときにつけているものだ。

「切り抜ける？」仗助は答えた。「ちがいますね……ブチ壊して抜ける」

仗助は〈クレイジー・ダイヤモンド〉で家の壁を破壊した。

人が通れるほどの大穴を穿《うが》つと、壁のむこうにある母の部屋に避難する。承太郎も移動したあとで、壁の大穴をスタンドの能力で直し、もとにもどした。

「これでよし」

ひとまず蒸気を遮断できた。

ふりかえった仗助の足元では――加湿器が稼働していた。

「あっ……」

敵の罠だ。待ち伏せていたのだ。

蒸気のミストから出現した〈アクア・ネックレス〉が、驚いて口を開けてしまった仗助の体内にシュルッ――と潜りこんだ。

「勝ったぜ、仗助。やっぱりおめーは、壁をブチ破った!」

安十郎は勝利を確信した。

「うっ……うっ」

スタンドで喉《のど》を塞がれた仗助は苦悶する。

「ウップププププ……こうも予想どおりにハマってくれるとは、腹の底から笑いがこみあげてくるぜ」

「うぐぉ、おおおおおおっ」

「仗助っ！」

敵が仗助の体内にいるのでは、承太郎と〈スタープラチナ〉も手が出せない。

仗助は、苦しげな表情で承太郎を見た。

「ヤツのいま、言った言葉……まちがってますよ」

「……………」

「予想したことがそのとおりハマっても、こみあげてくるのは笑いじゃやねえ……」

〈クレイジー・ダイヤモンド〉！

金剛石《こんごうせき》の輝きを放つスタンドが能力を発揮した直後、仗助は、口からひとかたまりのなにかを吐きだした。

ハデな色のそれが、グニョグニョともがくヤツを閉じこめていた。

ゴム手袋だ。

「………！」

「こいつをバラして飲みこんどいたんすよ」

息をつく。

吐き気に不快感を覚えて、仗助は胸をさすりながら承太郎に笑《え》んだ。

先ほどキッチンで、仗助はスタンドでゴム手袋をつかむと小さくちぎった。それを強引に飲みこんでおいたのだ。

「——で、もとにもどした。ヤツに体のなかに入ってこられたときのことを予想してね」

体内に侵入した〈アクア・ネックレス〉を、腹のなかで〈クレイジー・ダイヤモンド〉がゴム手袋を直すと同時に捕獲し、手袋の口を縛ってとらえたのだ。

吐きだしたゴム手袋を拾うと、仗助は激しく振った。


——ああああああああっ！


その声は、ゴム手袋のなかに捕らえた〈アクア・ネックレス〉のものではなかった。

家の外だ。窓越しに聞こえるほど大きな悲鳴があがった。

4

スタンドには、その特殊な能力のほか、おのおのに破壊力、スピード、精密動作性、そして射程距離といった基本性能差がある。

ふつうパワーと射程距離は反比例になっており、仗助や承太郎のスタンドのような近接パワー型の射程距離、つまり攻撃が届く距離は、ざっと1、2メートルほどで肉弾戦の延長程度だ。

一方、水をあやつる片桐安十郎の〈アクア・ネックレス〉のようなタイプは、パワーは抑えられるかわりに射程距離は長い。それでも片桐安十郎は、東方家から悲鳴が聞こえるくらいの距離にいるようだ。


仗助は、片桐安十郎のスタンド〈アクア・ネックレス〉を、〈クレイジー・ダイヤモンド〉でゴム手袋のなかに捕らえた。

もう、さっきのように逃がしはしない。

「承太郎さん」

仗助は、そこで祖父のことが気になり2階にあがった。

こうしてスタンドを捕らえてしまえば、敵の本体——安十郎はスタンドの射程距離よりも遠くには逃げられない。捕まえたも同然だった。

「爺ちゃん！」

仗助が駆け寄る。良平は、まだ自室の床に倒れたままだ。〈クレイジー・ダイヤモンド〉の能力で、破裂した内臓はもとどおりになっている。

……………だが、良平は目を覚まさない。


いくら待っても。

仗助は膝をついて、あらためて良平の顔にふれた。

指先の感覚が、すべてを伝えた。

なぜ――

なんで、こんなに冷たいのだ。

「あれ……そんなはずねぇ……このぐらいの傷、俺は簡単に治せる。子供のときから何度も治したし……」

息も、脈もなかった。

破裂した良平の心臓は、きれいになおったまま鼓動をとめていた。

「――おい……なんなんだよ！　疲れてんのか、爺ちゃん！」

祖父の体を強引に起こそうとした仗助の手を、そばにいた承太郎がとめる。

「仗助」

「だいじょうぶだ、傷は完璧に……」

「人間は、なにかを破壊して生きているといってもいい生物だ。そのなかで、おまえの能力は、この世のなによりも優しい」

承太郎の言葉に、仗助の表情は凍りついた。

「…………！」

「だが生命が終わったものは、もう、もどらない。どんなスタンドだろうと失われた命はもどせない」

受けとめるしかないのだ。

35年間、この杜王町を守ってきた東方良平《おとこ》の顔を見つめた。

5

スタンドを遠隔操作していた片桐安十郎は、スタンドの操作が利かなくなった感覚の直後、文字どおり〝目に見えないチカラ〟にふりまわされて、宙を舞い激しく地面に叩きつけられた。

彼の〈アクア・ネックレス〉は容器に密閉されてしまうとパワーが急激に弱まる。たとえ薄いゴム手袋の風船であっても破ることはできない。

そしてスタンドへの攻撃はスタンド使いにダメージとなってはねかえる。全身打撲で、安十郎は息も絶《た》え絶《だ》えだ。

折りわるく、雨までやんできた。

「クソっ、捕まってたまるか」

ここに至って安十郎は撤退を決めるしかなかった。ひとまず逃げなくては——

だが、彼が相手にしていたふたりは、それを見逃すほどマヌケではなかった。

空条承太郎、そして東方仗助は、近所の公園で泥まみれになって悲鳴をあげていた不審者を容易に発見した。

安十郎はナイフを抜くと、ふりまわした。

「わるいのは、おまえだ……おまえが俺のジャマをしたからだ」

安十郎は仗助をとがめた。

そもそも、この変な髪型のクソガキがコンビニ強盗をジャマしたのがわるいのだ。

「ふざけるな」

仗助は断じた。

杜王町を恐怖に陥《おとしい》れた連続殺人犯は、背中を、公園に置かれた大きな岩にあてて追い詰められた。

「貴様……片桐安十郎。どうやってスタンド使いになった」

承太郎が質《ただ》した。

安十郎が水のスタンド能力に目覚めたのは、警察に逮捕された前後のことのはずだ。彼は後天的なスタンド使いだ。

「さあな……」安十郎はしらばっくれた。「どうする、この町にはもっとヤバいやつがいるぜ。おまえらでも倒せやしねえ」

しらばっくれながら、そのくせ自分のバックに誰かがいることを臭《にお》わせる。

仗助が〈アクア・ネックレス〉を封じこめたゴム手袋を振りあげる。

「待て……俺は矢を刺されたんだ。それで……」

「矢……」承太郎は思索をめぐらせる。「刺された？　誰に？」

「名前は知らねえ。若い男さ。あいつが……勝手に俺を選んだ。悪いのはあいつだ」

「てめえ、人のせいばかりにするんじゃねえぞ」

仗助が殴りつける。

安十郎は岩に背中を打ちつけられた。

「おい……俺を殺すのか」

痛みに顔を歪ませながら、安十郎は卑屈で挑発的な笑みをかえした。

「………」

「そりゃあ俺は、たしかに何人も人を殺してきたさ。だからって、おめえらに俺を殺す権利はねえぞ。もし俺を殺したらよぉ……おめえは俺とおなじ呪われた魂になるぞ」

おなじ人殺しだ。

この国の法律は復讐や仇討《あだう》ちを認めていない。法に委ねない者は等しく犯罪者だ。

「俺は」

仗助は静かに告げた。

「………？」

「俺は誰も殺さねえよ……誰ももうおまえを死刑にしない。俺も、この承太郎さんも。日本の法律ももう、おまえを死刑にしない、刑務所に入ることもない」

「仗助、あとは、おまえに任せた」

承太郎が踵《きびす》をかえす。

やけにあっさりした対応に、安十郎は逆に不安を覚えはじめた。

「おい、なにをする気――」

「〈クレイジー・ダイヤモンド〉！」

――ドララララララッ!!

意気を放ち、仗助のスタンドが拳を連打した。ラッシュ――安十郎の体は岩もろともボコボコにされていく。

――やめろ、やめてくれぇ…………………………！

それが片桐安十郎が発した最後の言葉になった。

彼は、もう二度と警察に追われることはなくなった。逮捕されることもなくなった。望みどおり……生まれ変わり、人間でさえなくなった彼を裁く法もなかった。

仗助が拳をふり抜いたあと、残されていたのは、粉々に砕かれたのちに直された大きな岩だけだった。

ただし、もとどおりに直ったわけではない。

片桐安十郎という人間の姿は失われた。

〈クレイジー・ダイヤモンド〉は岩を砕き、片桐安十郎を砕き、そして岩とアンジェロを一体のものとしてなおしたのだ。

〈クレイジー・ダイヤモンド〉は破壊と再生の能力。

もっとも危険で、もっとも優しい——それが東方仗助という男だ。

「永遠に供養しろ！　アンジェロ、てめえが殺した人間のな！」

片桐安十郎は、いまや岩の表面に、人間の顔のようにも見える窪《くぼ》みとして刻まれているにすぎない。

きっちりとケジメをつけた叔父《おじ》をふりかえると、承太郎はつぶやいた。

「やれやれだぜ」

彼の口癖であるその言葉には、仗助への賞賛がふくまれていた。

＊

そして——

仗助と承太郎に気《け》どられることなく、すべてを監視していた男がいた。

「…………」

結《ゆ》わえた長髪、そして弓と矢。

彼の名は、虹村形兆《にじむらけいちょう》。片桐安十郎を選び、杜王町に災厄をもたらした男だった。

6

海を望む高台。

杜王町のはずれ、崖近くに洋館が建っていた。

庭の手入れがされている様子はなかった。壁は剝《は》がれ、窓は破れ、廃墟といった趣《おもむき》だ。

月。

窓辺に降りかかる銀光を浴びて、屋敷の2階に彼は立っていた。

「…………」

虹村形兆は、彼の佇《たたず》む階の上——屋根裏部屋の気配をうかがった。ゴソゴソとあれが動く音がする。ネズミや猫にしては大きすぎる獣《ケダモノ》が。

「兄貴、どうかしたのか」

階段を、もうひとりがあがってきた。

「億泰《おくやす》……」形兆は声をかえした。「片桐安十郎が倒された」

事実だけを告げる。

「へえ、誰にだよ」

「東方仗助。俺の知らないスタンド使いだ」

「知らないって、兄貴の矢でなったんじゃねえってことなのか」

形兆の弟——虹村億泰は兄に歩みよった。

180センチ近い、ガッチリした学生服の男だ。いかつい風貌で、いるだけで他人を威《い》嚇《かく》するようだったが、顔立ちはまだ10代の幼さを残している。

屋根裏部屋で、獣《ケダモノ》が、また大きな物音を立てた。

その気配を気にしながら、虹村兄弟は会話をつづけた。

「——強いのか、そいつは」

「俺たちのほうが強い」

形兆は即答する。

「そうだよな」億泰は我が意を得て、肯《うなず》いた。「あたりまえだよな、兄貴」

Diamond
is
Unbreakable

（四）
虹村兄弟

1

仗助《じょうすけ》は亡き祖父の部屋に立っていた。

「…………」

悔恨の表情で。

床に転がったバーベルを拾うと、持ちあげる。

ずっしりと重い。

書棚にはスクラップブックが差さっていた。杜王町《もりおうちょう》の事件や事故を集めた資料の日付は16年前になっている。

――一家惨殺事件。

「仗助、そろそろ時間よ」

喪服姿の朋子《ともこ》が部屋に入ってきた。

「ああ」

「16年前の、あの事件ね……」朋子はスクラップブックの新聞記事を見た。「お父さんがいちばん後悔していた事件……この犯人だけは、自分が絶対に捕まえるって」

朋子は追想する。

杜王町の昔からの住人なら覚えている、思いだしたくはない猟奇的な事件だった。殺人事件の被害者となった杉本《すぎもと》さん一家は、良平と縁があったのだ。

「――殺された女子高生はとても明るい子で、いつもあいさつをしてくれた。それが父さんの励みになっていたって……」

そう言って、朋子は机の抽出《ひきだし》を開けた。

腕時計が入っていた。

割れて壊れている。裏返すと『贈　勤続二十年　杜王警察署』の刻印がされていた。

「勤続20年目に贈られた記念の時計よ、だけどあの事件のとき、お父さんは、これを壁に叩きつけて」

時計をしたまま壁に腕を叩きつけて、壊してしまったのだという。

――俺は警察官失格だ。あの子を守れなかった。

この町を守れなかった。

「…………」

「あの日から、ずっと父さんは出世も望まず、この町を守ることだけを……仗助、父さんは最後の最後まで警察官だった。あの人は私たちの誇りよ」

「ああ」

形見となった時のとまった時計を、仗助は見つめた。

2

墓地。

故・東方良平《ひがしかたりようへい》の葬儀は、しめやかにおこなわれた。

親類縁者、警察関係者が多く参列するなか、みなが故人を偲《しの》んだ。参列者には仗助のクラスメイトと後輩の女子たちもいた。

葬儀は滞《とどこお》りなく進められた。

埋葬が終わり、墓前に花が捧げられる。

人が、人に殺される。

杜王町では、こうした悲しい葬儀がつづいているのだった。

連続殺人犯・片桐安十郎《かたぎりあんじゅうろう》は、いまでは仗助の家の近くで岩と化している。逮捕されることもないが、もうヤツによる死者は出ないだろう。だが…………

——杜王町には危険が迫っている。

先日の戦いのあと、空条承太郎《くうじょうじょうたろう》は仗助に警告した。

片桐安十郎が言っていた、スタンド使いを生みだす〝弓と矢〟の存在。

——まだ、この町にはスタンド使いがいる。仗助……そいつは、きっとおまえにかかわってくる。

スタンド使いとスタンド使いはひかれあう。

望むと望まざるとにかかわらず、スタンド使いは互いに出会うだろう、と。

ゆえに仗助は知らなくてはならなかった。

「…………！」

強い視線を感じた。

仗助は、あたりをふりかえる。

どこだ……？　どこに…………。

参列者でできた壁のむこう。

墓地の木陰に、ひとりの男が立っていた。

仗助に負けず劣らずの、派手な改造をした制服を着ていた。

その男は葬儀の様子を……いいや、はっきりと仗助だけを見ていた。

仗助が自分に気づいたのを認めると、男は無言で立ち去っていく。長髪を結《ゆ》わえた背中が遠ざかっていった。

*

墓地から、さらに奥へと登っていく小径《こみち》を、仗助は小走りで進んでいた。

葬列を離れて、謎の男を追ったのだ。

雑木林のなかで、曲がりくねった道は先が見通せない。男の姿はすでに見失った。

数分か、もう少し走った。

あきらめかけたとき、仗助の前で視界がひらけた。

潮の香り。

海からの風が吹き抜けていく。現れたのは、崖に建てられた古びた洋館だった。

山の斜面にある墓地の、さらに奥まった場所。地元の人間であっても、なかなか立ち寄るところではなかった。

仗助は門の外から屋敷のなかをうかがった。

人の気配は、ない。

屋敷は、ほとんど廃墟と化していた。玄関の前には「立入禁止」の札が立っている。

庭には古代ローマを思わせる大理石の像が飾られていた。噴水かプールもあったようだが、それらも荒れ放題になっていた。景気のよかった時代に金持ちが建てて、そのまま放置され、いまでは場所が不便すぎて使い道もなく買い手もつかない。そんな豪華すぎる物件という印象だった。

墓地から、ここまでは一本道だった。仗助を見ていたあの男がむかったとすれば、この洋館しか考えられないが……。

「仗助くん！」

声にふりかえると、林の小径を、広瀬《ひろせ》康一《こういち》が息を切らしながら追ってきていた。

「――葬儀の途中で、急にいなくなるからさぁ……みんな心配してたよ」

祖父の死を悲しむあまり辛くなってしまったのか、と。

「康一、おまえは帰れ」

「いいよ、仗助くんも帰るならね」

意外にも、康一はめげずに逆に興味を示した。

「…………」

「なに？　この家に、なにがあるのさ」

空き家にしか見えなかったのだろう。仗助と康一は門にかかった鎖をはずして、屋敷の庭に入った。


ゴッ！


康一は体ごと薙《な》ぎ倒《たお》された。

蹴られたのだ。いったい、どこから現れたのか――康一は何者かに倒されて、首を革靴で踏みつけられた。

「うほげげっ……げっげー……！」

「てめえら、ひとの家に勝手に入ってんじゃねえぞ」

康一に乱暴を働いたのは、学生服を着た男だった。

シルバーに染めたサイドの髪、剃り込み……細眉毛の不良と、康一は少し以前にニアミスしていた。海岸通りで山岸由花子《やまぎしゆかこ》といっしょだったときだ。

「おい！　なにしてんだ、てめー」

仗助が庭に踏みこんだ。

3

学生服の男とにらみあう。

見た目は高校生——仗助たちと大差はなさそうだ。い、い、い、ひとの家といったからには、この屋敷の住人らしいが。

「てめえら、泥棒だろ？　泥棒なら殺したってかまわねえ」

男はグリグリと康一を踏みつけた。

「いいからその足を放せ。早く放さねーと、怒るぜ」

仗助は警告し、スタンドを——

ドスゥッ

鈍い音とともに、なにかが康一の胸を貫いた。

「康一…………！」

射貫かれた康一の体が、びくんと跳ねた。

〝矢〟だ。

喉《のど》につまった血を吐いて、ピクピクと痙攣《けいれん》を起こす。

仗助は矢の飛来したほうを見あげた。

屋敷の2階、窓辺に弓を携《たずさ》えた男がいた。まちがいない、墓地にいた男だ。

「てめえ……！」

弓と矢の男。

では、あの男が片桐安十郎が言っていた……！

仗助は焦りを隠せない。矢は康一の体に深く刺さっていた。確実に、生死にかかわる傷だ。

「なぜ矢で射抜いたか、聞きたいのか？」

この質問は、仗助ではなく学生服の男にむけたものだった。

「兄貴……？」

「そっちのヤツが東方仗助だからだ。片桐安十郎を倒した」

弓と矢の男は告げた。

——こいつらは東方仗助《じぶん》を知ってる。

そして、弓と矢。

点と点がつながる。杜王町で起きた事件、殺人、すべての異変は、あの弓と矢の男につながった。

「ほへぇ……こいつが東方仗助……」

「ふざけんな」

仗助は、すぐにも康一を助けなければならなかった。しかし同時に、最大限の警戒が必要だった。

こいつらはスタンドを知っている。十中八九、スタンド使いだからだ。

「おまえはこの虹村億泰《にじむらおくやす》の〈ザ・ハンド〉が消す！」

学生服の男——億泰の背後にスタンドが顕《あらわ》れる。

仗助は〈クレイジー・ダイヤモンド〉で応じた。

虹村億泰の〈ザ・ハンド〉は人型のスタンド。サイズとアウトラインは〈クレイジー・ダイヤモンド〉や〈スタープラチナ〉に近いが、昆虫の複眼のような瞳の印象から、人というよりはサイボーグに近いイメージだ。

「億泰」弓と矢の男が2階から声を投げた。「スタンドってのは車やバイクとおなじだ。みみっちい運転はするんじゃねえ」

「ああ……わかってるよ、兄貴」

億泰は兄の形兆《けいちょう》に答えると、〈ザ・ハンド〉を構え、攻撃の意思をこめて突進した。

仗助は〈クレイジー・ダイヤモンド〉で応じる。猪突猛進する〈ザ・ハンド〉をいなし、拳《こぶし》を打ちこむ。

スタンドの殴りあいであれば、それは本体にもダメージを与える肉弾戦の様相となる。どうやら〈ザ・ハンド〉の射程距離は〈クレイジー・ダイヤモンド〉とさほど変わらない。

カウンターのパンチを浴びた億泰は、たたらを踏んだ。

「ほおっ、なかなか素早いじゃねえか」

口元の血をぬぐった億泰は、たいしてこたえた様子もない。

いまのが本気なら、スピードは〈クレイジー・ダイヤモンド〉が上かもしれない。だがスタンドも本体も、敵は相当にタフそうだ。

互いに間合いをはかり、まわりこみながら動く。

億泰は自信満々といった感じで右手を突きあげた。掌《てのひら》を広げて。

「…………？」

あまりにも大ぶりで、よけてくださいと言わんばかりの攻撃だった。

違和感から、仗助は攻撃をよけず、とっさの判断で〈クレイジー・ダイヤモンド〉の手で〈ザ・ハンド〉の右手首をつかんだ。

「てめえ、右手を放せや」

「やっぱり、やべえのか、その右手……ッ！」

〈ザ・ハンド〉の膝が〈クレイジー・ダイヤモンド〉の腹を抉《えぐ》った。

仗助は一瞬、息がとまる。

チカラがゆるんだ瞬間、〈クレイジー・ダイヤモンド〉をふりはらった〈ザ・ハンド〉の手が――右手が、満を持してふり落とされた。

億泰には絶対の自信があった。

警戒されようが、たとえ能力がわかったところで、この〝右手〟には絶対に勝てない。

ガオンッ！

〈ザ・ハンド〉の右手の掌には、左手にはないタコのような突起物があった。

仗助は身をひるがえして、とにかく大きく躱《かわ》す。

「てめえ、逃げてんじゃねえ！」

「………！」

仗助は、ふりおろされた億泰《ザ・ハンド》の右手の先――自分がいた場所をたしかめた。

屋敷の玄関。「立入禁止」の立て札……。

「〝入〟の字がねえ……？」

気づいた。

立て札には「立禁止」とだけ書かれていた。「立」と「禁」のあいだの文字が消えていたばかりか、看板の幅が狭くなって不自然なズレが生じている。

仗助は〈ザ・ハンド〉の恐るべき能力を察した。

「そうか……削りとったのか、空間を」

「そうさ」億泰は能力を隠しもしなかった。「この〝右手〟がつかんだもの、すべてを削りとる！　切断面は、もとの状態だったときのように閉じる！」

億泰は得意げに右手で仗助を攻めた。

空振り。

「…………！」

右手が危険だとわかりさえすれば、対応はできた。

たとえば手にナイフを握った相手は、危険ではあるが、その動きはナイフに集中するあまり逆に制限される。〈クレイジー・ダイヤモンド〉のスピードであれば躱《かわ》すことはできた。

「削りとった部分がどこへ行っちまうかは、俺にもわからねえがな。そして空間をこうや、、、、、い、、、、って削りとると………」

「!?」

〈ザ・ハンド〉がゆらりと右手をふるった。

直後、仗助は予期せず、体ごと前に持っていかれた。

〈ザ・ハンド〉は右手ですべてを削りとる能力だ。削ったものは、存在しなかったことになる。

それは空間さえも……！

〈ザ・ハンド〉は自分と〈クレイジー・ダイヤモンド〉のあいだの空間を削ったのだ。

削られた空間は閉じて、スタンド使い本人にもわからぬどこかへ行ってしまう。空間という概念が削られたとき、喩《たと》えるなら宇宙の摂理が働いて——なにかしらの歪みを調整する。

すると〈クレイジー・ダイヤモンド〉と仗助は、結果的に億泰と〈ザ・ハンド〉の前にひきよせられた。

それが〈ザ・ハンド〉の能力だ。

「ほらよ、瞬間移動だ」

そして億泰は、まさに理屈抜きで、この能力をつかいこなしていた。強制的に移動してきた敵を、やすやすと蹴り倒す。

仗助は地面を転がった。この敵は、要はケンカ慣れをしていた。

「………!」

「これがあるかぎり、てめえは俺から逃げられねえ」

恐るべき——仗助は注意深く、あたりの状況をたしかめた。

「……自慢話は、まだつづくのか」

「これで最後だ、次は、てめえごと削りとる」

億泰は大きく跳ぶと、大上段から自慢の右手をふりおろした。

ガオンッ！


仗助はギリギリまでひきつけて——寸前で躱した。

億泰は、さらに敵を追いつめるべく仗助を追う。


鈍い音。

億泰の脳が、ゆれる。彼の頭を、意識の死角から襲ったのは、庭に置かれていた石像だった。

〈ザ・ハンド〉の能力が空間を削ったことで、その先に置かれていた石像が億泰に飛んできたのだった。もちろん、それは仗助が、そうなる位置に立って誘導した結果だ。

「バカで助かったぜ」

仗助は、のびてしまった億泰を見おろした。

どんなに恐るべき能力であっても、それをあやつるスタンド使いは人間なのだ。

「…………康一！」

仗助は庭を見まわす。

が、いない。

〈ザ・ハンド〉との戦いがはじまるまで、庭に倒れていたはずの康一が、いなくなっていた。

「康一、どこだ!」

仗助は屋敷へと駆けこんだ。

4

玄関から飛びこんだ仗助が見たのは、外観以上に壊れた室内の様子だった。

内装はさらに傷《いた》んでいた。家具もなく、埃《ほこり》と蜘蛛《くも》の巣《す》まみれだ。虹村億泰は「家」と言っていたが、ここで暮らしていたとは、にわかには信じられない。

玄関ホールから歩を進める。

階段をのぼりきったところに、ヤツが待っていた。

弓と矢の男。

億泰の兄——虹村形兆。足元に倒れた広瀬康一の胸に刺さった矢に、まさに手をかけたところだった。

「てめえ、いいかげんにしろよ」

仗助はうなった。

「この矢は大切なもので1本しかない……回収しないとな」

「おい、そいつを抜くな」

「抜くさ……おまえは1枚のCDを聴き終わったら、キチッとケースにしまってから次のCDを聞くだろ？　誰だってそうする」

形兆は、ためらいなく康一の胸から矢をひき抜いた。

「うっ……！」

「俺も、そうする」

血がしたたる。

鏃《やじり》をひき抜いたときに傷口がひらいて、康一はごふっと血を吐いた。傷は深い。内臓を傷つけている。もう意識があるかどうかもわからない。

「てめえ！」

「こいつは選ばれなかった。無意味な出会いだ」

形兆は言い捨てた。

選ばれなかった。

片桐安十郎は、選ばれた、と言っていた。つまりあの矢で射られると、矢に選ばれた者はスタンド能力に目覚める……選ばれなければ死ぬ……?

「ふざけんじゃねえ……」

仗助は一歩ずつ敵に迫る。

形兆は、敵を敵とも思わない態度をとった。

この男も当然スタンド使いだ——仗助は確信する。でなければ仗助を前に、余裕綽々《しゃくしゃく》としていられるわけがない。

だが、そのスタンドを未《いま》だ形兆は見せなかった。

と、

「兄貴……」

仗助の背後に、よろめきながら億泰が現れた。

ひとかかえもある石像の直撃を受けたのに、タフな男だ。

「——そいつへの攻撃は待ってくれ！　俺と、そいつの勝負は、まだだ！」

「攻撃……?」

やはり……なにかが来る。

自分を狙っている。咄嗟《とっさ》に、仗助は床に身を投げだした。

なにかが。

ざわめく気配を感じた直後、仗助が見たものは、

「！」

背後に立っていた億泰の表情が固まった。

億泰の頬に小さな穴が穿《うが》たれていた。ぷつり、ぷつり……傷から血がふくらむ。やがて、それは無数の——見えない剣山を顔に押しあてたかのような傷となって、たちまち億泰の顔半分を血で染めていった。

億泰は、自分の顔の傷に驚く。

形兆は、階段の踊り場から冷然と見おろしていた。

「どこまでもバカな弟だ……のこのこと攻撃の軌道に入るとは」

見切りをつけた表情で。

「兄貴……ごめんよ」

「無能なやつは、ひとの足をひっぱる。ガキのころからくりかえし、くりかえし言ってき

たよな」

見えない攻撃は、なおも仗助を狙いつづけていた。

仗助が逃げると、無防備な億泰は、さらに形兆のスタンドの攻撃をその身に浴びた。ついに全身から血を噴いて、もんどり打って倒れた。

「やめろ……てめえの弟だろうが！」

仗助は形兆に吠えた。

「そいつには、もう愛想がつきた。なんの役にも立たない」

「くそっ！」

敵のスタンドの姿が見えない。

吐き捨てると、仗助は血まみれになった億泰の襟首《えりくび》をつかんで、いったん退避しようとした。

だが形兆はそれを許しはしない。

見えない攻撃が、億泰をつかんだ仗助の手にむけられた。

5

仗助は、億泰の体を1階のホールにひきずりだすと、痛みに顔を歪めた。

億泰をつかんでいた手に、無数の、やはり剣山を突き刺されたような異様な傷を負わされていた。

見えないなにか——虹村億泰の兄のスタンドにちがいなかった。攻撃によって負傷したのだ。

「おい……おまえの兄貴のスタンド《あれ》は、なんだ。どんな能力だ」

仗助は虫の息の億泰に質《ただ》した。

「…………」

「言えよ……言えば、その傷、治してやるぜ」

「言う……もんか、兄貴だぞ……」

瀕死となりながら、億泰は自分を攻撃した兄への忠誠と思慕に心を預けて、ゆずらなかった。

「……やっぱりな、言わねえか」

「あたりまえだ」

「それじゃあ……」

しょうがねえ。

仗助は〈クレイジー・ダイヤモンド〉の腕をふりあげた。

6

虹村形兆は、コウイチというくたばりかけの少年をひきずって2階の部屋にあがった。

流れだした血が、階段に、廊下に、床にあとをひいていた。すでに少年の意識はなく、大量失血で長くはないだろう。

7

虹村億泰は、なにが起きたのかわからないといった表情で、わが身を検《あらた》めた。

「なんだ……痛くねえぞ、傷も治ってる」

傷は、消えていた。

穴だらけになった顔半分の傷も、焼けつくような痛みも癒やされていた。

「じゃあな」

仗助は階段のほうへとってかえす。

東方仗助のスタンドが傷を治した……。

億泰は、兄から、仗助のスタンドが、なにかしらの再生能力を持っているらしいことは聞いていた。

その仗助の手に、兄のスタンド攻撃による特徴的な傷跡を見とがめて、億泰はうなった。

「おい、待てよ……なぜ俺の傷を治した？」

「うるせえな、あとにしろ」

「俺は……てめーの敵だぞ？　助けたって俺は、また、てめえを攻撃するんだぞ？」

億泰には理解できなかったのだ、仗助の行動が。

「深い理由なんてねえよ」仗助は静かに答えた。「なにも死ぬこたあねー……そう思っただけだよ」

あのまま放置していれば、億泰は死んでいたから。

仗助は康一を救出するために、ふたたび敵の待つ場所へとむかう。

血痕をたどって階段をあがろうとすると、

「待て……仗助」

呼びとめたのは、追ってきた億泰だった。

「なんだよ、まだジャマをする気かよ」

「なんでだ。なんでおまえ、その手の傷を自分のスタンドで治さねえ」

〈ザ・ハンド〉のスタンド使いは、こだわった。

虹村億泰にとっては大切なことだったのだ。

「俺のスタンドは、自分の傷は治せねえんだ」

「…………！」

「そして、なにより死んだ人間はどうしようもねえ」

たとえ遺体を〈クレイジー・ダイヤモンド〉の能力で修復したとしても、命は蘇《よみがえ》ることはない。

「だから言っとくぞ億泰……もし康一が死んだら、俺は、てめーの兄貴になにすっかわからねえ」

仗助は本気だ。

この男は破壊することを怖れない。敵を治すことさえ怖れない。

再生と破壊は表裏――〈クレイジー・ダイヤモンド〉の能力そのもので、東方仗助という人間の心の有り様だったから。

8

ギシギシと軋《きし》む階段をあがった仗助は、２階のホールから、ドアがあいていた部屋をうかがった。

大広間だ。かつては、ここで豪華な晩餐会などがおこなわれていたのかもしれない。

床をひきずった血のあとを目でたどると、テーブルのむこうで康一が倒れていた。

罠。

それでも仗助は踏みこまざるを得ない。時間がないのだ。大量出血している康一に残された時間は数分とあるまい。

罠だ。

それでも行くしかなかった。決意した仗助が踏みこんだとき、背後からスタンドの気配が襲った。

「！　億泰、てめえ……！」

「仗助ェ〜〜〜！」

〈ザ・ハンド〉が仗助の間近に現れた。

その右手は空間を、

ガオンッ！


大広間の空間が削られた。

そして世界は即座に歪みを正そうとする。結果、康一は——先ほど庭の石像が飛んできたときとおなじように〈ザ・ハンド〉のいる場所、つまり仗助のところまでひっぱられてきた。

瞬間移動だ。

「康一っ！」

仗助は一も二もなく〈クレイジー・ダイヤモンド〉の癒やしの手を康一の体にかざした。

「俺はバカだからよぉ」億泰は木訥《ぼくとつ》に告げた。「心のなかに思ったことだけをする。一回だけだ。これで借りはかえした。あとは、もうなにもしねえ」

兄貴も手伝わない。

仗助たちにもなにもしない、と。そうして億泰は言葉どおり階段を降りていった。

「グレートだぜ、億泰」

仗助は小さく言葉をかえした。

と、康一がぴくりと反応して、目を覚ます。

「…………仗助くん……あれ？　どうして？」

「康一、出るぞ」

ヤバい状況は全然終わっていない。

全快した康一をひっぱり起こす。この状況を理解させることは不可能だろうが、とにかく屋敷を出なくては危険だと告げた。

パラパラパラパラパラ…………

乾いた、風を叩く音が小さく響く。

仗助が見あげると、天井——薄闇のむこうでヘリコプターがホバリングしていた。

「なんだ……？」

さらにパラシュートで降下してくる空挺兵たち。何十体も——

屋敷のなかに軍隊が出現した。

ただしミニチュアの。兵士ひとりひとりは10センチほどのフィギュアサイズ、ヘリもラジコンサイズだ。

「康一、離れるな」

仗助は康一をかばう位置に立った。

——ドラァ！

彼ら兵士と比べれば巨人に等しい〈クレイジー・ダイヤモンド〉が拳をふるう。

パラシュートで降下してきた兵士を2、3体倒したが、なにしろ敵は数が多い。多すぎた。

「痛《いて》ェッ」

仗助はうめいた。

空挺部隊の兵士たちが、米軍制式のM16に似たアサルトライフルをフルオートでぶっぱなしてきた。

弾の1発1発は針で刺されたほどでも貫通力は高い。大部隊の集中攻撃を受ければ、皮膚も肉もぐずぐずになって、さっきの億泰のように大量出血とショックで命にかかわるだろう。

　これが億泰の兄のスタンド——

「逃げろ、康一」

　階段を封鎖され、仗助と康一は2階の別の部屋に逃げこんだ。

　あわててドアを閉めたが、たちまち敵スタンドの攻撃で破壊される。

「………！」

　絶句する。

　爆煙のむこうに現れたのは敵スタンドの戦闘ヘリ——AH－64アパッチの機体の翼下パイロンには対戦車ミサイルが装備されていた。

　ライフル弾とは破壊力が桁違いのはずだ。あのミサイルをくらったら1発でも大ケガだ。

　降下した兵士たちは、パラシュートを外して部屋に侵入してきた。

　訓練された動きで、隊列を組んで仗助に攻撃をくわえる。ライフル、対戦車兵器、グレネードランチャーと兵器は多種多様だ。

　特殊部隊風の兵士がシャンデリアにのぼると爆弾を仕掛けた。起爆——するとシャンデリアが天井から落ちた。

仗助はスタンドでシャンデリアを受けとめ、投げ捨てる。

「グレートだぜ」

迎え撃つが、とにかく敵の数が多すぎた。

これは、おそらく数体の兵士を倒したところで、敵のスタンド使いへのダメージにはならないのだろう。

防戦しながら仗助と康一は後退した。そして、それは――またしても罠だった。

待ち受けていたのはミニチュアの機甲部隊だった。

「あっ、戦車も来てる！」

「マジか、戦車まで……」

M1エイブラムス。ミニサイズの120ミリ滑腔砲《かっこうほう》が、背後から〈クレイジー・ダイヤモンド〉を狙っていた。

仗助は、だがそこでハッとなって康一を見た。

「おい、康一……いま、なんて言った？」

「………？」

「見えるのか、あのスタンドが……戦車が⁉」

康一は、うんと肯《うなず》いた。

スタンドはスタンド使いにしか見えない。

弓と矢はスタンド使いを選び、生みだす。


敵のスタンド軍団が集結した。

歩兵約２００、攻撃ヘリ、戦車からなる大部隊……！

その全軍が、仗助と康一を扇形の陣形で追いつめた。

それらすべてを統率している司令官——虹村形兆が、ドアのむこうに姿を現す。

「てめえ、そこにいたのかよ」

仗助は壁の釘を抜くと、〈クレイジー・ダイヤモンド〉で敵のスタンド使いに投げつけた。生身の人間を傷つけ、ひるませるには充分な威力だ。

ガガガガガガッ！

だが、スタンド兵士たちのライフルが一斉射撃でたちまち釘を撃ち落とした。

「どうだ、この虹村形兆のスタンド〈バッド・カンパニー〉の美しい構えは……！　鉄壁の守り！　いかなる攻撃や侵入者だろうと生きては帰さない！」

自画自賛すると、形兆はあらためて康一を見た。

「――おまえは選ばれたようだ」

「えっ？」

康一は、なにを言われているのかわからない。

「康一……おまえはスタンド使いになったんだ」

仗助が告げた。

「スタンド使い？」

「……わるい。俺にもまだ、よくわからねえ」

とにかく広瀬康一は弓と矢で射られて、選ばれた。仗助や承太郎たちの側の人間になったということだ。

「………？」

「いいだろう。おまえの能力を見せてみろ」

形兆は試すように告げた。

「能力？」

戸惑うばかりの康一を目標に、形兆は〈バッド・カンパニー〉を動かした。

特殊部隊が康一にとりついた。そして足に鋭いナイフを突きたてた。

「ああああ！」

蜂に刺されたような痛みに叫び、康一は必死でミニチュア兵士を払いのけようとした。

その行為が、意思が、

〝ドーン〟〝ボトン〟


妙にコミカルな音を立てて、大きなカタマリが康一の前に落ちた。

康一は腰を抜かした。

「……そうか、それがおまえのスタンドか」

形兆は値踏みする。

〝卵〟

としか形容のしようがないスタンドだった。恐竜でも生まれてきそうな大きな卵だ。

「さぁ、俺を攻撃してみろ」

「そんなこと言われても……無理だよ」

形兆に挑発されても、康一は腰がひけたままだ。

「スタンドをつかうのは簡単だ。憎い相手をどうやって攻めるか……全部隊、総攻撃の態勢をとれ！」

形兆は右手をふりおろした。

司令官がタクトをふるう。歩兵部隊、ヘリ、戦車が、規律のとれた動きで連動し、全軍をあげて康一に迫った。

「康一……」仗助が声をあげた。「スタンドを攻撃されると、おまえも死ぬぞ。スタンド《そいつ》をひっこめろ」

「えっ？　どうやって……」

康一はスタンドをどうあつかっていいか、わからない。

「射撃開始！」

形兆が命じた。

仗助はとっさの判断で、〈クレイジー・ダイヤモンド〉で卵のスタンドを蹴った。

結果的に康一は卵のスタンドもろともぶっ飛ばされて、その場から大きく離れた。

億泰の〈ザ・ハンド〉は近距離型だったようだが――形兆の〈バッド・カンパニー〉は、それよりは射程が長く、この部屋全体ほどはあるようだ。また群体型のスタンドであり、兵士ひとりひとりのパワーは小さいが、少しくらい倒されて数を減らしても、スタンド使い本人にダメージはほとんどない。

形兆は〈バッド・カンパニー〉を指揮する。

「全部隊は各個に前進！　最大火力をもって、目標、東方仗助を殲滅《せんめつ》せよ」

命令。

ライフル、グレネード、あらゆる火器の十字砲火が仗助を狙った。

――ドララララララーッ！

〈クレイジー・ダイヤモンド〉は拳のラッシュで戦車砲を打ち払った。もっとも威力のある攻撃ヘリのミサイルを2発、拳で叩き落とす。

――ドラァ！

だが、防戦一方だ。

「仗助くん……！」

康一は息をのんだ。

まるで特撮映画で、自衛隊に滅多《めった》撃ちにされる怪獣だ。

ついに〈クレイジー・ダイヤモンド〉の防御をかいくぐって、攻撃ヘリのミサイルが直撃した。

「ぐっ……腕が……」

ガードが下がったところに、さらに〈バッド・カンパニー〉の戦車砲が火を噴く。

爆煙のなかに消え去った仗助を前に、康一は声をあげた。

「やめろぉぉぉぉぉっ！」

叫ぶ。

「だめだねぇ。我が〈バッド・カンパニー〉に一度命令したことは、取り消せない」

形兆は残虐に笑《え》んだ。

――最大火力をもって、目標、東方仗助を殲滅せよ。

その命令を達するまで、この最悪なスタンドの軍隊は攻撃をやめないのだ。

康一は、

――やめろ……！

怒りと、友人を助けたいという強い意志が――


卵が割れる。


康一のスタンドが誕《う》まれた。

それは手足と尻尾《しっぽ》のある、丸っこい爬虫類――ある種のカメレオンなどを思わせる姿のスタンドだった。

康一のスタンドが襲いかかる。

形兆は警戒し、身を躱した。

だが——康一のスタンドは部屋の反対側にいる形兆のところまでは届かず、ぶかっこうにもがいたあと床に転げ落ちた。

「それが、おまえのスタンドか……やはり俺には必要ない」

見切りをつけると、形兆は康一にも〈バッド・カンパニー〉の一部隊をむけた。

無数の銃口をむけられた康一は、竦《すく》み、たじろいだ。

「康一、もう充分だぜ」

「えっ」

その声に、康一と形兆は、仗助をふりかえった。

仗助は——部屋の中央で胡座《あぐら》をかいていた。

おびただしく流血し、〈バッド・カンパニー〉の攻撃で全身ボロボロになってチカラつきていた。

「なんだ、あきらめの境地か」

形兆は憫笑《びんしょう》する。

「…………」

「いいさ、これが最後だ……東方仗助！」

形兆の命令とともに〈バッド・カンパニー〉が集中攻撃の態勢を整えた。


――撃てぇぇぇぇぇっ！


スタンドの中隊が総火力で仗助ひとりを狙う。

仗助の瞳には、だが、挫《くじ》けぬ意思――戦意が失われてはいなかった。

「ちがうね、虹村形兆」

「なにっ？」

「俺の作戦が終了したのさ」

そして戦局は一転する。

〈バッド・カンパニー〉の隊列の上空で、なにかが修復、再生されていった。

それは、さっき〈クレイジー・ダイヤモンド〉が破壊した、戦闘ヘリが撃った2発のミサイルだった。

仗助はミサイルを破壊して――直した。

そして、その方向を180度転換させた。ミサイルは再生しながら、その弾頭を虹村形兆にむけた。

「おい……」形兆は仗助の意図を察する。「〈バッド・カンパニー〉……ミサイルを撃ち落とせ！　俺を守るんだ！」

慌てた形兆にむかって、仗助は告げた。

「一度出した命令は、取り消せないんだろう…………？」――


爆発。

迎撃は間にあわない。虹村形兆は、撃ちかえされた2発のミサイルの直撃を受けた。

爆煙が立ちこめる。

〈バッド・カンパニー〉が消失していく。スタンド使いは戦闘継続不能なダメージを負ったのだ。

康一は、仗助に駆け寄った。

「仗助くん！　あれが仗助くんの……」

「ああ、俺のスタンドは〈クレイジー・ダイヤモンド〉。やつのミサイルをもとにもどして、かえしてやっただけさ」

「すごい……！」

「おまえのおかげだ」仗助は拳をぐっと突きだした。「おまえが時間を稼いでくれた」

康一も応じて、拳をあわせる。

ややあって部屋中に広がった煙が晴れていった。

〈バッド・カンパニー〉の姿は、ヘリも戦車も、一兵卒に至るまで消えていた。

だが、虹村形兆の姿もない。

深手を負ったはずの敵の血痕は……。

「階段……？」

2階から、さらに上へとつづく階段をのぼっていったらしい。

「康一……あの弓と矢を、ぶっ壊す」

「うん」

片桐安十郎のような危険なスタンド使いを生みだす、弓と矢を破壊する。

学生服はボロボロで、すぐにも病院送りになりそうな重傷だった。仗助は康一に支えられて、足をひきずり階段をのぼった。

9

屋根裏部屋。

階段をあがると、ガリガリとなにかが暴れるような音が聞こえてきた。

なにかが、いる。

それは到底、人間の気配とは思えなかった。仗助と康一はドアのむこうをうかがった。

小さくひらいたままのドアのむこうから、床板をひっかく音、そしてチャラチャラと鎖をひきずるような音が聞こえてきた。

「康一、おまえは、ここで待ってろ」

「ううん、僕が行くよ。仗助くんはケガしてるし」

心配する仗助を制して、康一はドアの隙間から屋根裏部屋をうかがった。

天井は高く、思ったよりもずっと広かった。康一の部屋の何倍あるだろうか。

うっ、と康一は顔をしかめた。

臭《にお》ったのだ。これは獣《けもの》の……。

「わっ！」

いきなり手をつかまれた。

ぶよっ、という妙な感触がしたと思うと、そのまま康一は屋根裏部屋にひきずりこまれてしまった。

「康一！」

仗助は屋根裏部屋に飛びこんだ。

「うわあああああっ」

康一はパニックに陥《おちい》って悲鳴をあげている。

仗助が康一の手をつかんだ相手を殴った。

「…………!?」

おぞましい感覚に仗助もひるむ。

――ビギィッ！

まったく得体の知れない、肉塊《にくかい》としか呼びようのないそれは、豚のような悲鳴をあげると芋虫みたいに這って部屋の隅に逃げていった。

うずくまる。

「あれも……スタンド？」

「いや、こいつはスタンドじゃねえ！　マジだ、マジのバケモンだぜ……！」

仗助と康一は、いったんドアのところに下がった。

人知を超越した相手を前に、冷汗と、緊張からくる心臓の鼓動がとまらない。

あらためて、屋根裏部屋にいた相手を観察した。

人、のようではあった。

なんらかの腫瘍《しゅよう》なのか、全身が腫《は》れあがっている。

「バケモノなんかじゃねえ……」

声があがった。

負傷して、息も絶《た》え絶《だ》えといった様子の虹村形兆が、弓と矢を抱えて屋根裏部屋の窓辺に腰を落としていた。

仗助は警戒する。

「てめえ……」

「そいつは俺たちの親父だ」

バケモノを目で示すと、形兆は告げた。

「!?」

「そして、この弓と矢は親父のために必要なもの……おまえにわたすわけにはいかねえ」

弓と矢を抱き、形兆は悲壮な決意を口にした。

仗助は、少しずつだが……今回の事件についてのあらましが見えてきた。

あの弓と矢が、いかなる出自のものかはわからない。

でも虹村兄弟が、あの矢でスタンド使いを生みだしていた目的は――

「お父さん、なにかの病気なの？」

事情をよく知らない康一は素直にたずねた。

バケモノ――虹村兄弟の父親は、ボロボロの服らしきものを腰に巻いてはいたが、鎖につながれ、どう見ても家畜同然のあつかいで、清潔なベッドをあてがわれた病人という感じではない。

「病気……？」形兆は憫笑《びんしょう》を浮かべた。「親父はいいたっていいいいい健康だよ。ただ、なにもわからねえ……意味もなく生きているだけだ」

「…………？」

ある日、形兆と億泰の父親は、この芋虫のような肉塊になってしまった。

人目にふれることがないよう部屋に閉じこめられた。這いずりまわって、うめき声をあげて、もぞもぞと動きつづけている。

「金に汚い、誰からも嫌われた……息子の俺たちにまで平気で暴力をふるう屑《クズ》みたいな男さ。バチがあたったんだ。いまじゃ人間だってことも覚えてねえ」

　虹村万作《バケモノ》は部屋の隅に這っていくと、ガラクタが入った箱をひっくりかえした。そして紙屑やらを拾い集める。

　仗助は、今回の虹村兄弟の凶行について、ようやく合点がいった。

　弓と矢の出自など細かいことはさておき、とにかく――

「親父さんを治すスタンド使いを捜してたってわけか」

　なにかしらの原因による肉体の腫瘍化。

　外科的なケガ、欠損ではなく、ウイルスなどによる病気のたぐいだとすると〈クレイジー・ダイヤモンド〉では治せない。できないのだ。だから形兆は仗助のスタンド――なおす能力を知りながら、仗助を味方につけようとはしなかった。

　あるいは、スタンドなどの、なにかしら超常の要因がかかわっているのか……。

「治す？　逆だ」

　形兆は、うっすらと瞳に涙を浮かべているようでもあった。

「…………!?」

「親父は……絶対に死なねえんだ。頭を潰そうとも、体を木っ端微塵にしようとも、削りとろうとも……絶対にな。このままじゃ永遠に生きていくしかねえ」

形兆の〈バッド・カンパニー〉で集中砲火を浴びせても、億泰の〈ザ・ハンド〉で空間ごと削りとったとしても、細胞の一片でも残っていれば、もとの姿に再生する。

形兆は、この父親のことを「いたって健康」と言った。

不死細胞《アンデッド》。

この肉塊となった人間の姿は、細胞レベルから変異した生命力の暴走ともいうべき状態なのだと。

「そんな……」

康一は息をのんだ。

弓と矢を手に、ふらふらと立ちあがった形兆は、まだグジグジと紙屑を集めている父親をいらだたしく見つめた。

「1日中、ああだ……くる日もくる日も無駄にガラクタ箱をひっかきまわしているだけ」

形兆は、いきなり父親を殴り、怒鳴りつけた。

「——散らかすなって何度も教えたろうがァ！」

虹村万作《バケモノ》は悲鳴をあげて息子の暴力から這って逃れる。

「やめろ、おまえの父親だぞ」

「父親であっても父親じゃねえ。俺たちのことも、死んだ母親のことも、なにもかも覚えてねえんだぞ。この、やりきれない気持ちっつーのが、おまえにわかるかい……だからこそ！」

形兆は涙と悲憤のいりまじった哀《かな》しい瞳をむけた。

「――ふつうに死なせてやりてえ……！　こいつを殺したときに、やっと、俺の人生は、はじまるんだ」

形兆の望みは、この親からの解放だった。

仗助は虹村兄弟の父親を見つめる。

紙屑集めにこだわり、それを……くっつけようとしている。遊んでいるのか……やけに哀しげな声をあげつづけて。

裏を返せば、形兆は、それほどまでに家族というものに囚《とら》われていた。

「ちくしょう、やめろっつってんだよ！」

形兆は父親を蹴りつけた。

「おい、そこまでにしとけ」

「来るな！　弓と矢はわたさねえ！」

形兆が仗助を制した。

「勘違いするな」仗助は告げた。「そんなもんはあとだ。気になるのは……こっちの箱だ」

〈クレイジー・ダイヤモンド〉――仗助はスタンドでガラクタの入っている箱にふれた。

たちまち、傷んでいた木箱が復元していく。朽ちかけた板も、なかに入っていたガラクタも、もとどおりに直っていく。


それは、さながら時を遡《さかのぼ》るかのように。

壊れてしまった家族の記憶さえ〈クレイジー・ダイヤモンド〉はなおす――色褪せた真実をさらけだすだろう。

紙屑が、パズルのピースのように、ひとまとまりになっていく。

〝写真〟

家族のスナップだった。形兆と億泰が幼かったころの、親子4人の姿だ。

――おおおおおっ…………！

箱をのぞきこんだ虹村万作《バケモノ》は、写真を手にとると噎《むせ》び泣《な》きはじめた。

十数年ぶんの感情の堰《せき》を切って。

「家族の写真だよ……お父さんは、毎日毎日、これを探していたんだよ」

詳しいことは知るよしもない康一だったが、そのことだけは察せられた。

「…………」

「覚えてたんだよ。ちゃんと心のなかに、みんなの思い出が残っていたんだ」

肉塊《バケモノ》になっても。

「手伝ってもいいぜ、虹村形兆」仗助は告げた。「殺すスタンド使いより、治すスタンド使いを探すっつーんならな」

たとえ自分の命を奪おうとした相手でも。

形兆は、もはや、かえす言葉もなく立ちつくした。

「さあ、弓と矢《そいつ》をわたしなよ。ぶち折っからよォ」

「だめだ、わたさない……」

うつむいたままの形兆は、ゆずらない。

そこまで彼の心を頑《かたく》なにする感情とは、いったい……。

「兄貴……もうやめようぜ」

そこに、割って入ったのは彼の弟だった。

「億泰……」

屋根裏部屋のドアの外で立ち聞きをしていたのだろう。億泰の目には、腫れぼったく涙のあとがあった。

泣いていたのだ。

それは、たぶん――仗助の言葉を聞いて。父親を治すために手伝うと言った、ゆるがぬ優しさに。

「親父だって、いつか治るかもしれねえじゃねえか……！」

愚直ゆえに、弟は、そう思えるのだろう。

兄弟なのに、なにからなにまでちがうのだ。そして兄は、そんな弟が――うらやましかった。

弓と矢をつかもうとした億泰を、形兆は払いのける。

「俺は……なにがあろうと、あともどりすることはできねえんだよ……！　この矢で、この町の人間を何人も殺しちまってんだからなァ」

虹村形兆は、深い罪の意識ゆえに。

「――出会いとは重力。重力がすべてをひき寄せた。その運命に逆らうつもりはない」

どこまでも頑なにしか生きられなかった。

「ちがうぜ」仗助は、まっすぐに形兆を見る。「運命なんてもんは、こっちの思いでどうにでもなる」

「そうだよ、兄貴……やりなおそうぜ」

近寄ろうとした億泰を、形兆は退けた。

「おまえは、もう弟でもなんでもねえ」

「兄貴…………！」


ギャルギャルギャルギャルギャル…………！


異音。

そのとき、屋根裏部屋を襲った異様な音と気配に、その場にいたスタンド使いたちはあらゆる注意を奪われた。

ここにいる４人、そして虹村万作《まんさく》以外に、誰かが、いる…………？

乾いた音を立て、ふいに屋根裏部屋の丸窓が砕け散った。

「…………!?」

「億泰！　ボサっとしてんじゃねェ！」

飛散するガラスを浴びながら、形兆が億泰を突き飛ばす。

その直後、その外から飛来したなにかが形兆を直撃した。

床に倒れた億泰は、なにが起きたのかわからず——あっけにとられて兄を仰いだ。

「兄貴……？」

「億泰……おめえはよう、いつだって俺の足手まとい………」
よろめき、ふりかえった形兆──その口のなかには、

髑髏《ドクロ》。

まったく得体の知れない、野球ボールほどの髑髏《ドクロ》が、形兆の口腔《こうくう》に収まっていた。
髑髏《ドクロ》は、顎をガクガクさせて嘲《あざけ》り笑った。

それが虹村形兆を見た最後になった。

爆発。
破滅的な爆発音のあと、衝撃が仗助たちを煽《あお》った。
爆心にいた形兆は一瞬で消し飛ばされた。
跡形《あとかた》もなく──
仗助たちには、わかった。あの髑髏《ドクロ》は……スタンド。
「あああああっ」

「やめろ、億泰！」

兄を殺されて、錯乱した億泰をつかむと、仗助は康一とともに屋根裏部屋を出ようとした。

爆発の余波のなか、思いだして、一瞬だけ屋根裏部屋をふりかえる。

ない。

さっきの爆発と炎で、形兆もろとも消し飛んでしまったのか。弓と矢もまた、跡形もなくなっていた。

そして、床には。


ギギギギギギギギギッ…………


無限軌道を軋《きし》ませて。

なんとも形容しがたい、髑髏《ドクロ》の砲塔を乗せた戦車だった。それが形兆を屠《ほふ》ったスタンドの姿だ。

「てめえっ！」

怒れる億泰は、形兆を襲ったスタンドを追って、階段を駆けおりると屋敷の外へと飛びだした。

仗助と康一もあとを追った。

庭に、人の——敵のスタンド使いの気配はなかった。

遠隔操作タイプのスタンドであれば、数十メートル、もっと遠くからでもスタンドを操作できるかもしれない。

髑髏《ドクロ》の爆弾スタンドで襲ってきたのは、何者か。

形兆が弓と矢で射た相手の誰かなのか。それとも仗助のような生来のスタンド使いか。

手掛かりはなかった。なにも、なにひとつ………………。

「億泰……」

拳を握りしめて歯をくいしばる億泰に、仗助は語りかける。

「兄貴はよう……」億泰は必死で言葉を探していた。「ああなって当然の男だ。まっとうに生きれるはずがねぇ宿命だった」

「………………」

「でもよ……でも兄貴は最後にっ……！　俺の兄貴は最後の最後に、俺をかばってくれたよなァ」

仗助をふりかえった億泰は、たぶん、泣いていた。

「——仗助……！　おまえも見てただろォ」

「ああ。たしかに見たよ」仗助は肯いた。

「おお」

億泰は掌《てのひら》で瞼《まぶた》を押さえて、涙をこらえようとしていた。

＊

屋根裏部屋。

虹村万作《バケモノ》が、哀しげな声でうめいている。

泣いている。

目の前で、一瞬で爆殺されて塵《ちり》となった形兆《むすこ》を嘆いて。大切な家族の写真を手に、おんおんと涙を流しつづけた。

Diamond
is
Unbreakable

エピローグ

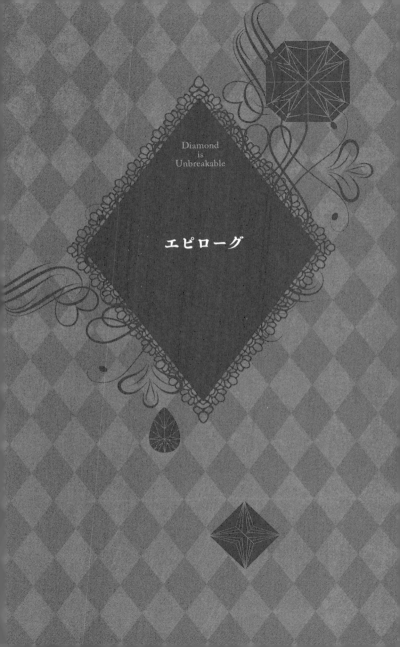

海岸通り。

東方《ひがしかた》　仗助《じようすけ》は、空条《くうじよう》　承太郎《じようたろう》に、虹村《にじむら》家の屋敷であったことを話した。

弓と矢の持ち主のこと。

不死のバケモノと化してしまった虹村万作《まんさく》のこと。

スタンド使いとして目覚めた広瀬《ひろせ》康一《こういち》のこと。

そして、髑髏《ドクロ》戦車のスタンドのこと。

「――そのスタンドは虹村形兆《けいちよう》の命を奪い、弓と矢も消滅させたのか」

「はい」

仗助は肯《うなず》いた。

あのあと虹村家の屋根裏部屋を探したが、弓と矢は見つからなかった。

やはり、あの髑髏《ドクロ》戦車スタンドの爆破によって、形兆もろとも消し飛んでしまったと考えるしかなかった。

仗助は予言する。

「スタンド使いとスタンド使いは、ひかれあう。そいつはいつか、かならず俺の前にも現れる」

杜王町《もりおうちょう》の危機は去ってはいない。

虹村形兆は死んだ。

億泰《おくやす》は、残された父親と、この町で暮らすと決めたようだ。仗助たちと敵対する意思はなかった。片桐安十郎《かたぎりあんじゅうろう》も岩となって無力化した。これらスタンド使いの脅威が消えたことで、ここ最近の杜王町における連続殺人、不審死の原因はとりのぞかれたはずだった。

だが——

その元凶だったはずの虹村形兆の死が、新たな杜王町の不安の火種《ひだね》として残された。

「承太郎さん」

仗助は告げる。

「………………」

「仗助の〝仗〟という字は守るという意味です」

祖父の言葉を思い出しながら告げた。

人を守り、助ける。

「爺《じい》ちゃんが、この名前を俺につけてくれました。35年間、出世もしないで、ずっと町の人たちを守りつづけてきた男です」

だから決めた、と。

東方仗助は、亡き祖父の思いをひき継いで。

「――俺がこの町を守りますよ。どんなことが起ころうと」

「ああ」

承太郎はジョースター家の男として肯く。

強い決意を宿して、仗助は、生まれ育った杜王町の海を見つめた。

その腕には時計が巻かれていた。祖父の形見だ。割れた時計は〈クレイジー・ダイヤモンド〉によって直され、亡き東方良平《りょうへい》の記憶とともに、新たな時を刻みはじめていた。


――この町の人間は俺が守り、助ける。それが俺の人生だ。


〈クレイジー・ダイヤモンド〉はなおす能力《チカラ》。

破壊と再生。

誰よりも危険で、誰よりも……。

東方仗助は、人の記憶を受けとめ、どんな犠牲を払っても優しく癒やすだろう。

17歳の瞳は、尊敬する祖父とおなじ色を宿していた。

＊

康一はクロスバイクを走らせた。

2週間前、彼が杜王町に引っ越してきてから、とてもたくさんの思いがけないことが起きた。

一度死にかけ、生まれ変わるほどの経験。

そんな康一が、自分に気づかずに通りすぎていったのをふりかえって、長い黒髪の山岸《やまぎし》由花子《ゆかこ》は、なぜか機嫌を損《そこ》ねた様子もなく、ただ妖《あや》しく笑《え》んだ。

「――仗助くん、億泰くん、おはよう」

「おう」

「おはよう」

自転車に乗った康一に、東方仗助と、虹村億泰が応じる。

スタンド使いとの出会い。

スタンド使いとしての目覚め。

この、杜王町で。

スタンド使いたちの新たな日々がはじまる。

*

『――杜王町二《ふた》つ杜《もり》の女子大生の連絡が途絶えてから今日で5日。警察では杜王町で連続して起きている失踪事件とのかかわりも視野に入れ、本格的な捜査をはじめました』

テレビでは、また新たな失踪事件が報じられていた。

リビングのテーブルに、手が置かれている。

きれいな手だ。

指輪をした細い女の手。指には化粧では隠せない年齢が出るというが、それは若い女の手だった。

その手は――虹村形兆が持っていた弓と矢の、鏃《やじり》と柄の折れた一部分を握っている。

パン屋の紙袋に入れられた、切断された手首だけが――

Cast キャスト

東方仗助………山﨑賢人

広瀬康一………神木隆之介

山岸由花子……小松菜奈

虹村形兆………岡田将生

虹村億泰………新田真剣佑

東方朋子………観月ありさ

東方良平………國村 隼

片桐安十郎……山田孝之

空条承太郎……伊勢谷友介

Staff スタッフ

原作：**荒木飛呂彦**「ジョジョの奇妙な冒険」（集英社ジャンプ・コミックス刊）

監督：三池崇史
企画プロデュース：平野 隆
脚本：江良 至
音楽：遠藤浩二
プロデューサー：
源生哲雄／坂 美佐子
共同プロデューサー：
前田茂司／岡田有正
刀根鉄太／阿相道広
撮影：北 信康（J.S.C.）
照明：渡部 嘉
美術：林田裕至／佐久嶋依里
録音：中村 淳
編集：山下健治
装飾：坂本 朗
VFXスーパーバイザー：太田垣香織
キャラクタースーパーバイザー：前田勇弥
スタントコーディネーター：
辻井啓伺／出口正義
ラインプロデューサー：
今井朝幸／善田真也
助監督：倉橋龍介　長尾 楽
制作担当：柄本かのこ
制作プロダクション：OLM
制作協力：楽映舎　b−mount film
配給：東宝 ワーナー・ブラザース映画

ジョジョの奇妙な冒険 ダイヤモンドは砕けない 第一章

CREATOR

作家

◆

原作＝荒木飛呂彦

1960年生まれ、宮城県出身。
80年に『武装ポーカー』で
第20回手塚賞に準入選し、デビュー。
87年より『ジョジョの奇妙な冒険』連載開始。
現在は第8部『ジョジョリオン』を
「ウルトラジャンプ」誌に連載中。

◆

小説＝浜崎達也

1973年生まれ、茨城県出身。
小説家・脚本家・漫画原作者として
様々な企画に参加。JUMP j BOOKS で
『ONE PIECE』シリーズなどを執筆。

◆

脚本＝江良 至

1961年生まれ、熊本県出身。
代表作に『陰陽師』（01）、『桜田門外ノ変』（10）、『タイガーマスク』（13）、
『種まく旅人　くにうみの郷』（15）、『劇場版　媚空』（15）、
テレビドラマ「牙狼〈GARO〉～MAKAISENKI～」（11／テレビ東京）
シリーズなどがある。

◆初出
映画ノベライズ　ジョジョの奇妙な冒険
ダイヤモンドは砕けない　第一章　書き下ろし
この作品は、2017年8月公開(配給／東宝　ワーナー・ブラザース映画)の
映画『ジョジョの奇妙な冒険　ダイヤモンドは砕けない　第一章』(脚本／江良 至)を
ノベライズしたものです。

◆◆◆

映画ノベライズ　ジョジョの奇妙な冒険
ダイヤモンドは砕けない　第一章

発行日　2017年7月24日　第1刷発行

原　作　荒木飛呂彦
小　説　浜崎達也
脚　本　江良 至

装　丁　成見紀子
編集協力　添田洋平(つばめプロダクション)／北奈櫻子
編集人　島田久央
発行者　鈴木晴彦
発行所　株式会社 集英社　〒101-8050 東京都千代田区一ツ橋2-5-10
電話＝03(3230)6297(編集部)
03(3230)6080(読者係)
03(3230)6393(販売部・書店用)

印刷所　図書印刷株式会社

Printed In Japan　ISBN978-4-08-703423-3 C0093　検印廃止